新 潮 文 庫

黒猫・アッシャー家の崩壊

—ポー短編集Ⅰ　ゴシック編—

エドガー・アラン・ポー
巽　孝　之 訳

新 潮 社 版

8671

目次

黒猫・アッシャー家の崩壊

ポー短編集Ⅰ　ゴシック編

黒猫

これからわたしは、どこまでも悪夢としか思われないのにごくごく日常的に体験してしまった事件を記録するべくペンを執ろうとしているのだが、その中身をめぐっては、信じてもらえるとも信じてもらいたいとも思わない。そもそもわたしの五感のすべてがその知覚対象を信じられなくなっているのだから、読者に期待するほうがおかしいだろう。だが、じつのところわたし自身は精神に異常をきたしているわけではない——それに決して夢を見ているわけでもない。だが、明日になればわたしは死ぬ、だから今日のうちに魂の重荷を下ろしておきたいのだ。わたしのさしせまった目的を明かすならば、それは世間に対し、ひとつの家庭をめぐって生じた一連の出来事を簡潔明快に、かつ一切の論評を加えることなく、差し出すことにある。これらの出来事の顛末《てんまつ》において、わたしは恐怖におののき悩み苦しみ、とうとう破滅してしまった。けれど事件の詳細を説明するつもりはない。わたしにとって、これらの出来事は恐怖以外のものではなかったが——多くの人間にとってはおそらくバロック的な怪奇趣味のほうがさらなる恐怖を呼び起こすようにも思われる。これからさき、何らかの知性の持ち主であれば、わたしの見た夢まぼろしを常識的に説明するであろう――わたし以上に冷静で論理的で自分を抑えることのできる知性の持ち主ならば、わたしが畏怖《いふ》の念をもって記述するような状況のうちにも、ごくごく自然な因果関係が織りなす何の変哲もない事件の展開のみを見出《みいだ》すことであろう。

子どものころからわたしは素直で思いやりのある性格で知られていた。とてもやさしい心の持ち主であったから、時には仲間からからかわれることもあった。とりわけ動物が好きで、それを知った両親はさまざまなペットを惜しみなく与えてくれた。大半の時間をペットたちとすごしたが、えさをやったりかわいがったりしてやるときほど幸せなときはない。こうした特殊な性格は年を経るにつれてますます強くなり、大人になってからは、それが人生の中心を成す楽しみのひとつとなった。忠実で利口な犬をかわいがったことのある人には、こうした楽しみがどんなものか、いかにすばらしいものであるかをわざわざ説明するに及ぶまい。動物のもつ寛大にして自己犠牲的な愛情には、ふつうの人間の友情というのがいかにもろいか、その信頼関係というのがいかに崩れやすいかをこれまで往々にして実感してきた者の心に直接訴えかけるところがある。

わたしは若くして結婚したが、妻のうちにもわたし自身と相容《あいい》れないわけではない性格があるのがわかって、とてもうれしかった。わたしが室内でペットを飼うのに夢中であるのを知った彼女は、ありとあらゆる機会を利用して何よりもかわいいペットを買い込んだ。小鳥はもちろん、金魚や高級犬、ウサギに小ザル、それに猫にいたるまで。

とくにこの猫はずいぶん大きくて美しい黒猫で、びっくりするほど賢い。その頭のよさときたら、けっこう迷信深かった妻が古くからの民間伝承を何度も引き合いに出し、黒猫というのはすべて魔女の変装なのだと強調したほどだった。彼女が本気でそう信じていたというわけではない。わたしがこのことにふれるのは、現時点でたまたま記憶に残っていたから、というだけの理由にすぎない。

プルートー（ギリシャ神話における死者の国の支配者ハーデースの別名）というのがこの黒猫の名前であり、彼はわたしのお気に入りのペットにして遊び相手となった。わたしはひとりでプルートーにえさをやり、彼はこちらの赴くところどこにでも家の中をついてまわった。街中に出るときにまでついてくるので、追い返すのが一苦労だったほどである。

こんなふうにして、黒猫との友情は何年間も続いたが、しかしその期間のわたしは酒乱の悪魔にそそのかされて、気質と性格とが（恥ずかしながら告白するが）悪い方向へ変わっていった。日に日に機嫌が悪くなるばかりか、苛立《いらだ》ちを抑えられなくなり、他人の気持ちを思いやるような余裕もなくなったのだ。やがて妻をひどくののしるようになり、ついには暴力をふるうようになった。いうまでもなくペットたちのほうも、わが性格の変容には気づかざるをえない。わたしは連中を無視するばかりか虐待《ぎゃくたい》するようになったからである。たとえばウサギやサルや犬たちが偶然なのか情感余ってか目前に転がり出てきた場合、いささかのためらいもなく手荒に扱ったものだ。とはいえプルートーだけは例外で、そんな暴虐を加えないようにするだけの気持ちがまだ残っていた。けれどわが病はますますひどくなり――まったく酒というのは業病《ごうびょう》だ！――プルートー自身が老いて気むずかしくなったことも手伝い――ついにプルートーにもわが不機嫌による被害が及ぶようになり始めた。

ある晩、わたしが町の行きつけの店から泥酔《でいすい》して帰宅したときのこと、どうもこの黒猫がこちらを避けているような気がしたのである。わたしはすぐさま捕まえたが、そのとき、あまりの暴力に驚いたのか、黒猫が手に嚙《か》みつき、かすり傷を残した。その刹那《せつな》、悪魔の怒りに取り憑《つ》かれたわたしは、我を忘れてしまう。わが根源的な魂がたちまち肉体から羽ばたき、酒の力で凶悪どころではないほど膨れあがった悪意で全身の神経繊維が奮い立っていた。チョッキのポケットから折りたたみ式の小型ナイフ《ペンナイフ》を取り出すと、刃を剝《む》き出して、この哀れな動物の喉《のど》を摑《つか》み、ゆっくりとその片方の眼球を眼窩《がんか》からくり抜いたのだ！　この激越なる残虐行為を記すべくペンを走らせていると、あまりのことに顔は火照《ほて》り、全身が焼けるように熱く、震えが止まらない。

　明け方を迎え、理性が戻ってみて——ゆうべの深酒の毒気から醒《さ》めてみて——わたしに込みあげてきたのは、犯してしまった罪に対する半ば恐怖、半ば後悔から成る感情だった。だがそれもせいぜいのところ、脆弱《ぜいじゃく》にしてどっちつかずの気分にすぎず、魂そのものは何の変化もきたしていない。再び酒浸りの暮らしに身を投げるやいなや、今回の罪業の記憶については洗いざらいワインのうちに沈めてしまった。

　いっぽう黒猫のほうは徐々に怪我《けが》から回復していった。眼球をなくしたあとの眼窩はじっさい恐ろしげな雰囲気を醸《かも》し出していたものの、黒猫自身はもう痛みを感じていないらしい。家のあたりをいつものようにうろついていたが、とはいえ、容易に推測されるとおり、わたしが近づくと怯《おび》えきったようすで逃げ出していく。心のなかにはまだまだむかしの気持ちが残っていたので、かつてはあれほど自分になついていた黒猫があからさまな嫌悪感《けんおかん》を示すのを見ると、当初は悲嘆に暮れたものである。しかし、そんな気持ちもつかの間、苛立ちが募るばかり。かてて加えて、絶体絶命の破滅をもたらすかのごとく、「天邪鬼《あまのじやく》」の心が頭をもたげてきたのだ。この心に関する限り、哲学は何も説明してくれない。とはいえ、自分の魂が生きているのが確実だとするなら、天邪鬼こそは人間の心を司《つかさど》る最も原始的な衝動のひとつだと——人間の人格を導く分割不能な基礎能力ないし情緒のひとつだと——いうことも確実なのではあるまいか。人間は、何かを「してはいけない」と熟知しているからこそ数限りなく最悪なる行動に出てしまうのではあるまいか？　人間には、まさしく「破ってはいけない」とわかっているからこそ、いくら優れた判断力の持ち主であったとしても、法律なるものを破ってしまう永続的な傾向があるのではないか？　かくして天邪鬼の心が、わたしを最終的に破滅させるべく芽生えてきたのだ。魂が魂自体を苦しめるという——魂が魂自体の本質を痛めつけるという——つまりは悪のためにのみ悪をなすという——この理解しがたい願望があったからこそ、わたしは罪もない動物にふるってきた暴虐をやめることなく、ますますエスカレートさせていったのである。ある朝わたしは冷酷にも、黒猫の首に輪縄をかけ木の枝から吊《つる》してしまった。——吊したときには、目から涙がつぎからつぎへとあふれだし、痛恨のきわみであった。——吊したのは、黒猫がわたしを愛しているのを知っていたから、わたしがそいつに危害を加えるべき理由をいっさい与えなかったからだ。——吊したのは、そうすることで自分がひとつの罪を犯すことをわきまえていたからだ——そしてそれは、七つの大罪のひとつとしてわが永遠の魂を危うくしたあげくに——もしそんなことがありうるとすれば——誰よりも慈《いつく》しみ深く誰よりも恐るべき神の永遠の慈悲すら届かぬところへ奪い去ってしまうような罪であった。

かくも残虐なる犯行がなされた当日の晩のこと、わたしは火事を知らせる叫び声で叩《たた》き起こされた。ベッドを囲むカーテンが燃え上がっていた。家全体が火に包まれていたのだ。われわれ夫婦は召使を連れて、命からがら逃げ延びた。家は全焼してしまった。世俗的な資産のすべては炎に呑《の》み込まれ、わたしはそれからというもの、悲嘆に暮れるようになった。

わたしは、このときの大火事と残虐行為とのあいだに因果関係があるのではないかと述べたてるほど、愚かではない。だがここでは、事実の連鎖を記しておこう——そしてありうべき連鎖については決して曖昧《あいまい》なままにはしておかないつもりだ。事件の翌日、わたしは焼け落ちた家の跡を訪れた。壁はひとつの例外を除き、すべて崩れ落ちていた。その例外というのはひとつの仕切り壁で、決して分厚いものではなく、家の中央部分に位置しており、それを背にわたしのベッドの頭の部分が来ていた。漆喰の功を奏して、大部分が火事の被害を免れていた。漆喰がつい最近塗られたおかげだったかもしれない。この壁のまわりに大勢の人々が群がり、どうやらその一部分を微に入り細を穿《うが》って調べているらしい。連中は「こいつはおかしいぞ！」「ふしぎだ！」といった言葉を発していたので、好奇心をくすぐるではないか。近づいて目にしたのは、あたかも純白の表面に浅浮き彫りを施したかのごとき、巨大な猫のすがたであった。その絵は信じられないほど正確だった。猫の首にはロープが巻き付いていたからである。

初めてこのまぼろしを目にしたとき――ともあれまぼろしとしか思えなかったのだから――わが驚愕《きょうがく》と恐怖は極致に達した。だがじっくり考え直してみて、やっと落ち着いた。黒猫を木から吊したのは、家に隣接する庭においてであったと記憶する。火事が通報されて、この庭はたちまち群衆でいっぱいになった――たぶんそのうちの誰かが黒猫を木から切り離し、空いている窓からわたしの部屋へ投げ込んだのではあるまいか。そうすれば住人を叩き起こせると踏んでのしわざだったのだろう。やがてほかの壁がぜんぶ崩れ落ちてしまったために、わが暴虐の犠牲者は一気に圧縮され、塗り立ての漆喰の成分に溶け込んでしまったのだ。燃えた石灰と死骸《しがい》のアンモニアとが融合して、いま見たような巨大な猫の肖像ができあがったのだと思う。

信じられないような怪奇現象を前にして、良心の呵責《かしゃく》はともあれ理性のうえでは早々と解決がついてしまったのだが、にもかかわらずこの事件がわが妄想に刻み込んだものは深かった。それから何ヶ月ものあいだ、わたしは黒猫のまぼろしを振り払うことができなかった。そしてこの期間というもの、自責の念とも思われる——じっさいはそれどころではない——感情めいたものが、心の中に戻ってくる。わたしは最愛の黒猫を失ったことを嘆くばかりか、同じ種類でよく似た代わりの猫がいないかと、行きつけの安酒場数軒を渡り歩き尋ね回ったほどであった。

ある晩、いかにも怪しい店で呆然《ぼうぜん》としていたときのこと、店内の中心的な家具であるジン、あるいはラム酒の大樽《おおだる》の上に何かしら黒いものが鎮座しているのが、目に止まった。数分ものあいだ大樽の上を見つめていたのだが、驚いたのは、その上の存在が何であるのか、それまで気がつかなかったという事実である。近づいてさわってみる。そこにいるのは、一匹の黒猫であった——とてつもなく大きなやつで、大きさのみならず、ほぼどの点をとってもプルートーに瓜《うり》二つ。ただひとつちがうのは、プルートーの体にはいかなる部分にも白い毛など生えてはいなかったが、この黒猫には胸の部分全般をおおうかたちで、ぼんやりとではあるが巨大な白の斑点《はんてん》があったことだ。

さわるやいなや黒猫はすぐに起きあがり、ゴロゴロ喉を鳴らしながら、わたしの手をこすり始め、いかにも注目されて喜んだようすであった。そう、これこそは探し求めた黒猫だ。すぐに店の主人に話して、買いたい旨《むね》を伝える。だが主人は、これは自分の猫ではない、どこから来たのかも知らないし、これまで見たこともないという。

わたしは黒猫を愛撫《あいぶ》し続けた。その結果、いよいよ帰宅するときにはもう、黒猫のほうも後をついて来ようとする。したいようにさせてやり、わたしは道すがら、時折身をかがめて撫《な》でてやったものだ。家に着いたときには、すっかりなじんでしまい、たちまち妻のお気に入りとなった。

わたしはといえば、すぐにもこの新しい黒猫への嫌悪感が湧《わ》き出てくるのに気づく。予期していたのとは正反対の感情であった。どのようにして、またいったいなぜそんな感情が生まれてきたのか、それはまったくわからない——だが黒猫がわたしにまぎれもなくなついてきたことで、わたしのほうはむしろいやになり、うんざりしてしまったのだ。こうした嫌悪と困惑の感情は、徐々に強烈な憎悪《ぞうお》へと膨れあがった。わたしはこいつを避けるようになった。何らかの屈辱感とともにかつて自分がやらかした残虐行為の記憶が甦《よみがえ》り、黒猫を物理的に虐待せぬよう抑えるようになったのだ。何週間ものあいだ、わたしはこいつを叩くことも虐待することもなかった。けれども徐々に——ほんとうに徐々に——こいつを見ると言いしれぬおぞましさを覚えるようになり、そのいまわしいすがたが見えるとこそこそと逃げ出すようになったのである、それこそ疫病《えきびょう》の感染を免れるかのように。

この黒猫への憎悪がますます増大したのは、こいつを家へ連れ帰った翌朝、プルートーと同じく片眼がえぐり取られていることに気づいたためである。とはいえ、こうした条件があるからこそ、妻のほうはますますこの黒猫をかわいがるようになってしまった。彼女には慈愛にみちみちた心があり、それはかつてわたし自身が備えていた心であった。そして最も簡素で最も純粋なる喜びの多くは、ここから発していた。

もっとも、わたしがこの黒猫を忌《い》み嫌ういっぽうで、やつのほうはますますわたしになついてきたように思う。わたしが赴くところならどこにでもぴったり尾《つ》いてくるようになったのであり、その執着力についてはご説明してもなかなかおわかりいただけまい。腰をかければ足下にうずくまるか膝《ひざ》に飛び乗るかして、おぞましくもわたしに甘えまくる。立ち上がって歩き出せば、両足のあいだにもぐりこむので、こちらがつまずきそうになるほどであり、そうでなければ服に長く鋭い爪《つめ》を突き立て、その要領で胸にまでよじのぼろうとするほどであった。そんなとき、内心では一撃を食らわし殺してやろうかとも思っていたのだが、それでもぐっと我慢したのは、かつて犯した罪の記憶がぶりかえしたこともあるものの、いちばん大きかったのは——ただちに告白させてもらいたいのだけれども——この黒猫には絶対的な恐怖を感じさせるところがあったためである。

この恐怖は何らかの実体的な悪を恐れる気持ちとそっくり同じではないとはいえ、いざ定義しようとすれば途方に暮れてしまうたぐいのものだ。これを白状するのはほとんど屈辱なのだが——そう、独房に閉じこめられたいまでさえ、白状するのはほとんど屈辱なのだが——この黒猫が呼び起こす絶大な恐怖感というのは、いちばん想像しやすい異種混淆《キメラ》の怪物のイメージによって、ますます高まるばかりであった。そう、妻が何度も注意を促したのは、この新しい黒猫には、すでに述べたとおり、白い毛が混じっているところに特徴があり、それこそはかつて惨殺《ざんさつ》した黒猫との明白なるちがいだということであった。読者はきっと覚えているだろう、この白い斑点が当初はずいぶんぼんやりとしたものであったことを。だが、ゆっくりとではあるが徐々に——それもほとんど気づかないぐらいに徐々に——長い間わが理性が妄想として片付けてしまおうとしたことなのだが、その斑点がついにはじつにはっきりとしたひとつの輪郭を帯びるようになったのである。そこには恐ろしくて口にもできないようなもののかたちが浮かび上がっていた——そしてわたしは何にもましてこのかたちのためにこそ、この怪物を嫌悪し恐怖し、そしてやる気にさえなれば退治してしまっていたかもしれないのだ——それはいまや、ひとつのおぞましきもの、すなわち絞首台《こうしゅだい》のかたちと化していた！——おお、これこそは恐怖と犯罪、苦悩と死を司る哀《かな》しくも恐ろしい動力源《エンジン》なのだ！

そしていまやわたしは、ふつうの人間にふりかかる悲劇など及びもつかぬ悲劇の主人公となっていた。そして一匹の猛獣が——その仲間をわたしは傲慢《ごうまん》にもぶち殺してしまったのだが——このわたし、すなわち聖なる神の似姿で作られた人間のひとりに対し、あまりにも耐え難い呪《のろ》いを仕掛けてきたのである！ ああ何ということか！ 昼夜を問わず、もはや休息の余地はなくなってしまった！ 昼間はこいつのいる限り、決してひとりきりにはなれない。夜は夜で、一時間おきに言いしれぬほど恐ろしい夢から目覚めると、何者かが熱い吐息を顔に吐きかけ、とてつもない重みでのしかかり——これほどの悪夢の権化《ごんげ》はとうてい振り払えない——いつまでもわが心を圧迫してくるのだから。

かくも激越なる苦しみに押しつぶされたあげく、ほんのわずか残っていた良心のかけらもけし飛んでしまった。悪の想像力こそは、唯一《ゆいいつ》の親友となった——それも闇《やみ》の奥、悪の奥をきわめる想像力だ。いつもの不機嫌な気質はますます増長して、ついには森羅万象、人類のすべてをも憎悪するようになった。そのいっぽう、突発的かつ頻発的で抑えきれない怒りが爆発をくりかえし、わたし自身がそれに身を任せてしまっているために、従順なる妻は、ああ何と言うことか、いちばんの被害者として誰よりも堪え忍ばなければならなくなったのである。

ある日彼女が家の用事でわたしに付き添い、貧しさゆえに住居として選んだ古い建物の地下室へ降りていったときのことである。急な階段というのに黒猫もあとから尾いてきて、危うく人間のほうがまっさかさまに転げ落ちるところだったので、そのためわたしは烈火のごとく怒った。斧《おの》を手にすると、怒りのあまり、これまでは子どもっぽい恐怖感のためこらえてきたことも忘れて、黒猫に一撃を食らわそうとした。そしてそれは、うまくいけばまちがいなく黒猫の脳天をかち割るはずであった。ところが、それをさえぎるように、妻が引き留めたのである。予期せぬ邪魔に、悪魔も怯えるぐらい怒り心頭に発したわたしは、妻から腕を引き離すと、彼女の脳天に斧を見舞う。うめく間もなく、即死であった。

恐ろしい殺人を犯してしまったわたしはすぐにも、慎重なうえにも慎重に、死体を隠蔽《いんぺい》する作業に取りかかる。昼夜を問わず、もしも死体を家の外へ運び出したら、近所の人たちに見られてしまう危険は免れまい。ああでもないこうでもないと、さまざまな手口を思いめぐらす。たとえば、あるときには、死体を細かく切り刻み火にくべてしまったらどうか、とも考えた。またあるときには、地下室の床に墓を掘ろうと決心したりもした。さらには、庭の井戸にまるごと放り込んでしまったらどうか——それとも、あたかも発送予定の商品であるかのように箱の中へ詰め込んで通常の梱包《こんぽう》を施し、業者を呼んで家から運び出してもらったらどうか、とも計画を練った。しかしついにわたしは最高のアイデアを思いつく。死体は地下室の壁に塗り込めてしまえばよい——そう、中世の修道士たちが犠牲者を塗り込めたとされる手法に倣《なら》って。

この手の目的を果たすのに、地下室はうってつけだった。何しろ壁がぞんざいな造りで、ごく最近、粗く漆喰の処理が施されたものの、空気がじめじめしているために、まだしっかり固まっていない。そのうえ、壁のうちのひとつは、その内部を覗《のぞ》いてみると、煙突ないし暖炉を作るつもりだったのか、突起状になっており、その中に詰め物をすることで、ほかの壁と見分けがつかないようになっている。これなら、詰め物の煉瓦《れんが》をぜんぶ妻の死体と入れ替え、もとどおり壁を塗り込めてしまえば、誰も怪しむことはないだろうと、わたしは確信した。

はたして目算に狂いはなかった。カナテコを駆使することで煉瓦を外すのは簡単だったし、死体を内壁に慎重に押し込み、立たせたままの姿勢で、何の苦もなく壁全体をもとどおりにした。用心の上にも用心を重ねてモルタルと砂と髪の毛とを調達したあとには、以前のものと見分けのつかない漆喰を用意して、細心の注意を払い、新たな煉瓦工事に取りかかる。それが完成したときには、すべてがうまくいって満ち足りた気持ちだった。壁にはもはや、一度切り崩されたことを示すいささかの気配も残っていない。床に散らばった小石は、どんな小さなものも拾っておいた。勝ち誇ったようにあたりを見回し、わたしはひとりごちた。「さあ、これで少なくとも、努力は報われたぞ」

つぎは、これだけの悲劇を引き起こした元凶たる黒猫を見つけ出さなくてはならない。というのもわたしはとうとう、あいつを殺すべく決意を固めていたからだ。このとき再会を遂げていたら、まちがいなく殺していただろう。だが、この狡猾《こうかつ》な黒猫ときたら、以前わたしが怒りにまかせて乱暴を働いたのを覚えているのか、わたしがいまのように不機嫌でいるときに限って、すがたを現さない。嫌悪《けんお》してやまぬ動物が顔を出さないことでいかに救われたか、その深く至福に満ちた気分については、言葉にするのも想像するのも不可能だ。黒猫は一晩中、どこにも現れなかった——かくしてわたしは少なくともその一晩だけは、あいつが家に来て以来初めて、ぐっすり眠ったものだ。そう、殺人という重荷が魂にのしかかってはいても、熟睡できたのである。

翌日になっても三日目になっても、悩みの種は戻ってこない。再びわたしは自由人となった。あの怪物は恐れをなして、この家から永遠に立ち去ってしまった！　二度とあいつのすがたを見ることはあるまい！　あまりの幸福感で天にものぼる心地だ！　わが残虐《ざんぎやく》行為の罪悪感も、いまとなっては薄れている。何度か尋問されたが、回答するのは簡単だった。家宅捜索も行なわれたが――しかし何一つ発覚するわけがない。この先も万事うまくいくはずだ。

事件から四日目のこと、思いがけずも警察の一団が家に入り込み、再び徹底的な家宅捜索にとりかかった。しかしあんなところに隠すとはとうていわからないだろうから安全なはずだと、わたしは多寡《たか》をくくっていた。やがて警官たちが捜査につきあうよう命じてくる。連中は部屋の隅という隅をくまなく調べ上げていた。ついに、もう三度目か四度目になるだろうか、彼らはいまいちど地下室へ降りていく。それでもわたしの身体《からだ》はいささかも震えはしない。心臓の鼓動もおとなしいもので、天真爛漫《らんまん》に眠っている人間と変わらない。地下室の端から端まで歩いてみた。腕組みをして、気安く行ったり来たりをくりかえす。警察は捜査の結果にすっかり納得したようで、帰りじたくを始めていた。このときのうれしさといったら、とうてい抑えきれるものではない。わたしは興奮のあまり、勝利宣言のつもりで一言あいさつしよう、そしてわが無罪を二重に確実なものとしようと考えた。

「こちらへお越しくださったみなさん」警察の一団が階段を昇りかけていたとき、わたしはついに語り始めた。「疑いが晴れてほんとうにうれしく思います。みなさんがこれからもご健康で、これからもよろしくおつきあい下さいますように。ところでみなさん、ついでながら申し上げますが、これはほんとうによく出来た家なのです」（気楽に喋《しゃべ》らなければいけないという思いにばかりかられていたので、そもそもこのとき何を言ったかはほとんど記憶にない）――「じつに巧みに建築された家、と言い直してもかまいません。たとえばこの壁ですが――おや、もうお帰りですか、みなさん？――壁はすべてじつにしっかりと組み立てられているのです」こう言い放つとわたしは、ただただ空威張りしたくてたまらず、手に携えた杖《つえ》で、まさしく最愛の妻の死体が裏に嵌《は》め込まれている煉瓦細工の部分を、トントンときつく叩《たた》いてみせたのだ。

しかし、ああ神よ、どうかわたしを魔王の毒牙《どくが》より守りたまえ、救い出したまえ！杖の音の反響も止《や》んで静かになるやいなや、何と墓の中から声が返ってきたのだ！それは最初のうちこそ弱々しく切れ切れの泣き声で、あたかも幼児がすすり泣いているかのようであったが、やがて一気に膨れあがって、長く甲高く切れ目のない叫び声となり、その響きはあまりにも異様で人間ならざるもののようであった――そう、何者かが吠《ほ》えて、悲壮な金切り声をあげている、それは断末魔の悲鳴のようにも、勝利に酔いしれる歓声のようにも聞こえる。かくも奇怪な声がありうるとしたら、地獄より湧き起こっているにちがいない。地獄に落ちた人間たちと、人間を地獄に落とした悪魔たちの声がないまぜになって聞こえてきたとしか思われないからである。

このときわたしの心によぎった思いを明かすのは馬鹿《ばか》げていよう。たちまち気が遠くなり、よろよろと反対側の壁に寄りかかるばかりだったのだから。階段のところにいた警察の一団も、あまりの恐ろしさで凍りついたが、それも一瞬のことであった。つぎの瞬間にはもう、一ダースほどの屈強なる腕が壁めがけて押し寄せた。とうとう壁はそっくり崩れ落ちた。そこから現れた妻の屍《しかばね》は、すでに腐乱してぼろぼろ、しかも血糊《ちのり》でぬらぬらとしたすがたで立ちつくしており、見る者たちを仰天させた。そして彼女の頭上に鎮座し、真っ赤な口を開け、ひとつしかない眼球をらんらんと輝かせているのが、あの恐るべきけだものであった。こいつの悪知恵にうかうかと乗せられてわたしは殺人を犯す羽目になり、こいつの声に密告されてわたしはまんまと絞首刑に処せられる運命となった。そう、わたしはこの怪物も一緒に妻の墓へ塗り込めてしまっていたのだ！

赤き死の仮面

「赤き死」なる疫病《えきびょう》が国中を蝕《むしば》むようになってから、もうずいぶん長い時が経《た》つ。これまでいかなる疫病も、これほどの殺戮《さつりく》、これほどの災厄をもたらしたことはない。鮮血はその化身にして紋章だった──それは真紅にして恐怖の象徴だった。まずきりきりと身体《からだ》が痛み始め、いきなり目眩《めまい》に襲われ、やがて毛穴という毛穴からおびただしい血があふれだし、ついには息絶える。犠牲者の身体や顔が真紅の斑点《はんてん》だらけになれば、それが疫病の証《あかし》となり、いっさいの救援も、仲間たちの同情すらも受けられなくなっていく。そしていったん発症したら最後、病が進行し最終目的を遂げるまでには、ほんの三十分ほどしか要しない。

ところが国王プロスペローはといえば明朗闊達《かったつ》、しかも才智《さいち》に長《た》けていた。その国土から臣民の半ばほどが死に絶えてしまったのちのこと、彼は自身の宮廷に仕える騎士たち、貴婦人たちのなかからまだ矍鑠《かくしゃく》として陽気な友人たちを数えきれないほど招き寄せ、彼らと連れ立って、自身の暮らす巨大な城郭のうちでも奥の奥へと引きこもった。この城は宏壮《こうそう》にして壮麗な建築で、国王本人の奇矯ながら高貴なる美学の賜物《たまもの》であった。強靭《きょうじん》な塀が聳《そび》え立ち、城の周囲を取り囲んでいる。そこに入るには鋼鉄の扉をくぐらなければならない。廷臣たちは、ひとたび入城すると、炉や巨大なハンマーを持ち込み、かんぬきを溶接した。城内にて不意の絶望感や狂躁感《きょうそうかん》に襲われたとしてもいっさい出入りができないよう、あらかじめ逃げ道を封じるべく、みな決断したのだ。城内のたくわえはたっぷりあった。これだけの予防措置を講じたのだから、廷臣たちは疫病などものともしない。外界のほうは勝手にやらせておけばよい。やがて城内では、泣いたり悩んだりすることすらも愚かしい。国王はありとあらゆる娯楽を用意していたのだ。道化もいれば即興詩人も、バレエ・ダンサーも、演奏家たちもおり、美意識に満ちた光景がくりひろげられ、葡萄酒《ぶどうしゅ》にも事欠かない。これだけの悦楽と安全とが城内では保証されていた。一歩城外へ出れば「赤き死」が蔓延《まんえん》しているのだった。

城の奥へ隠遁《いんとん》してから五、六ヶ月が過ぎ去ろうとしたころ、そして城外では疫病がいつになく猛威をふるっていたころのこと、プロスペロー王は大勢の友人たちをもてなすべく、異常なほどに豪華な仮面舞踏会を催した。

それは官能的な魅力あふるる仮面舞踏会であった。しかしまずは、その舞踏会場となったいくつかの部屋がいったいどんな形状であったのか、その説明から始めよう。部屋はぜんぶで七つ、威風堂々たる続きの間である。ふつう多くの宮殿では、こうした続きの間というのは入り口からいちばん奥まで一挙にまっすぐ見渡すことができ、折り戸はみな左右どちらかの壁際《かべぎわ》にたたみこめるように造られており、その結果、全体にほとんど死角が生じないのが特徴であった。しかしこの城の場合そうはいかないのは、プロスペローがいかに奇々怪々なるものを愛してやまないかという一点を考えても、推測がつくであろう。それぞれの部屋はきわめて不規則に配列されていたため、見渡そうにも一度に一部屋ぐらいしか目が届かない。二十ヤード（約十八メートル）から三十ヤード（約二十七メートル）おきにぐっとカーヴを描いており、それぞれの曲がり角には新奇なる効果が演出されている。左右いずれの壁の中央にも、細長いゴシック風の窓が掲げられ、曲がりくねった続きの間を結ぶ閉鎖回廊を見下ろしている。これらの窓はみなステンドグラスで、それぞれの色彩はそれぞれの部屋の装飾で基調を成す色合いごとに異なる。たとえば東端の部屋は青で統一されていたから、その窓も青い。第二の部屋は装飾もタペストリーもみな紫だったから、その窓も紫。第三の部屋はいたるところ緑で染め抜かれていたので、その窓も緑。第四の部屋は装飾も窓の灯もすべて橙《だいだい》、同じ要領で第五の部屋は白、第六の部屋は菫《すみれ》で統一されていた。そして

第七の部屋では黒い別珍のタペストリーがすみずみまで包み込み、それはじっさい天井と壁とをかまわず覆《おお》い尽くし、幾重にも折り重なっては、まったく同色、同素材の絨毯《じゅうたん》のところまで垂れ下がっていた。ところがまさにこの第七の部屋だけは例外で、窓の色と装飾の色とが一致していない。窓の色は緋色《ひいろ》——そう、濃厚なる血の色なのだ。さてこれら七つの部屋のどこを見ても、ランプや豪華大燭台《しょくだい》は影も形もなく、ただ黄金の装飾品ばかりが、これでもかこれでもかと床にばらまかれ、あるいは天井から吊《つ》るされるのみ。ランプも蠟燭《ろうそく》も、七つの続きの間を照らし出すことはない。だがこの続きの間を貫く回廊には、それぞれの窓に対峙《たいじ》して重厚なる三脚台が据え付けられ、そこに載った火桶《ひおけ》の炎がステンドグラスに映り、部屋全体を煌々《こうこう》と輝かせていたのである。かくして室内には俗悪にして怪奇なるまぼろしが次から次へと浮かび上がった。しかし西端の黒い部屋においては、その炎の光が、血塗られたかのごとき窓を通して漆黒のタペストリーを浮かび上がらせ、身の毛もよだつ効果をもたらし、部屋に入る人々の顔をも凄《すさ》まじい形相に仕立て上げてしまうので、あえて敷居をまたごうとする者はほとんどいない。

そしてこの部屋には、西側の壁を背に、巨大なる黒檀《こくたん》の時計がかかっていた。その振り子は鈍重にして単調な響きとともに、往復運動をくりかえしている。そして、その長針が文字盤をきっかり一回りして時刻を知らせるときには決まって、その真鍮《しんちゅう》の肺より、美しくも大きく深く、そしてとびきり音楽的な音が、とはいえきわめて独特な音色と強さをもつ音が響き渡るため、一時間ごとにオーケストラの団員たちはしばし演奏する手を休めねばならず、チャイムの音に聞き入るのだった。ワルツを踊る者たちも同様、動きを止める。陽気な一団は、束《つか》の間《ま》とはいえ狼狽《ろうばい》を隠せない。そして時計のチャイムが鳴り響いているあいだは、いかに軽薄なる者も血の気が失《う》せた表情となり、老練なる者は両手で額を押さえ、あたかも悪夢を見たか瞑想《めいそう》に耽《ふけ》っているかのようだ。とはいえ、チャイムの谺《こだま》が静まり返ると、すぐにも明るい笑い声が仮面舞踏会のすみずみにまで甦《よみがえ》る。演奏者たちはお互い視線を交わし、あれぐらいで神経過敏になるなんてどうかしていたのではないか、とでも言わんばかりに微笑《ほほえ》み合う。そしてお互い、こんどチャイムが鳴っても断じてあんなふうには動揺せぬよう、ひそひそと誓い合う。ところが、やがてきっかり六十分ののち（すなわち三千六百秒ののち）、またしても時計がチャイムを鳴り響かせると、参会者たちは以前と寸分変わらずうろたえ、恐れおののき、物思いにふけるのであった。

だが、こうした障害をものともせず、陽気で豪奢《ごうしゃ》なるパーティは続く。プロスペロー王の美意識は独特なものだ。とくに色彩と効果を見分ける才覚に優れていた。当世流行の様式にはこだわらない。彼の構想は大胆かつ激越なるもので、その発想は異国趣味の光彩を帯びていた。プロスペローを狂人と見る者がいても、おかしくはない。だが、彼に傾倒する者たちは、断じてそうは考えない。それを確かめるには、彼自身の言葉を聞き、その姿を目《ま》の当たりにし、そしてその身体に触れてみることが不可欠なのだ。

プロスペローはこの大宴会を催すにあたり、七つの部屋における可動式装飾の大半を監督した。彼の中核を成す美意識こそは、仮面舞踏会のメンバーすべてを彩《いろど》っていた。疑いなく、彼らはみなグロテスクであった。豪華絢爛《けんらん》たる輝きを放つとともに痛烈で幻覚的ないでたち――それはほとんどヴィクトル・ユーゴーの悲劇『エルナニ』（一八三〇年）以来の伝統にほかならない。身体と装飾品とがちぐはぐな、アラベスク趣味の人影も徘徊《はいかい》している。狂人の衣装をまとった錯乱のきわみも見受けられる。美と放縦と怪奇趣味とが幅を利《き》かせ、そこに恐怖が少々混ざり、さらには嫌悪感《けんおかん》を呼び起こす条件が少なからず加わった光景。げんに七つの部屋では、数知れぬまぼろしが闊歩《かっぽ》している。これらのまぼろしはみなそれぞれの部屋の色彩を反映しつつ悶《もだ》えるように歩き回り、さしものオーケストラによる幻想的な音楽もその足取りの谺のごとくに聞こえてしまう。やがて、黒い別珍の部屋に聳える黒檀の時計が時を告げた。しばしのあいだすべてが静止し、聞こえるのは時計の歌声のみ。まぼろしたちは立ち止まったまま凍りついて動かない。だがチャイムの谺が途絶え――けっきょくそれが鳴っていたのは一瞬のことなのだ――静まるとともに、押し殺すところだった笑いが満ちあふれる。そして再び、音楽が盛り上がり、まぼろしたちは息づき、三脚台の炎に照り映える多彩なるステンドグラスの色を浴びて、前よりも潑剌《はつらつ》と練り歩く。とはいえ、七つのうちで西端にある部屋にあえて赴こうとする参会者は、ひとりもいない。というのも、夜が更《ふ》けるにつれ、血まみれのごとき窓から差し込んでくる光がいっそう赤みを増し、漆黒の緞帳《どんちょう》の闇《やみ》が一段と恐ろしくなってきたからである。しかも、漆黒の絨毯を踏みしめたら最後、すぐそこにある黒檀の時計からはくぐもったチャイムの音が鳴り響き、それは、ほかの部屋で能天気な乱痴気騒ぎに明け暮れている参会者たちには聞き取りようもないほど、切々と迫ってくるからである。

だが、ほかの部屋はといえば参会者でぎっしりと埋めつくされており、まさにその中でこそ、生が熱く鼓動し続けているのだった。そしてパーティはめまぐるしく続き、ついに真夜中の時を告げるチャイムが鳴る。と同時に、すでに述べたごとく、音楽は止《や》み、踊り手たちは凍りつき、そして進行中のすべてが不穏なかたちで中断される。しかし今度という今度は、時計のチャイムがたっぷり十二の音を鳴り響かせた。かくして時間が伸びたぶんだけ、パーティ参会者のうちでも思慮に富む者は、前にもましてじっくりとその意味を嚙《か》み締める。その結果、最後のチャイムの最後の谺が静まるころにはもう、会衆のうちの多くにも余裕が生まれ、それまでまったく目立たなかった仮面の人影の存在を意識するようになっていた。そして、この新人をめぐる噂《うわさ》が密《ひそ》やかに広まると、パーティの参会者一団はとうとうざわめき始め、反感と驚愕《きょうがく》を——そしてついには、恐怖と憎悪《ぞうお》と嫌悪感とを——あらわにし始めたのだった。

これまでわたしが描写してきたさまざまなまぼろしのうちでも、その見た目だけでこれほどにまわりを動揺させる相手はいまい。ほんとうのところ、同夜の仮面舞踏会の参加権利に制約はなかった。ところが問題の人物ときたら、かの残虐《ざんぎゃく》なるヘロデ王すら顔色なからしめるほどの残虐趣味をあらわにしており、プロスペロー王が曖昧《あいまい》なままにしておいた品性の限界すらも踏み越えてしまっていた。いかに手のつけられない無法者でも、その心の弦を奏《かな》でるには情緒が要る。生も死も等しく冗談にしか見えないぐらいとことん打ちひしがれた者にとっても、決して冗談では済まされない問題は残っている。じっさい会場の一団はみな、この侵入者の衣装と物腰を見て、それが洒落《しゃれ》でもなければ正当でもないと痛感せざるをえなかった。その人物は長身瘦軀《そうく》で、頭のてっぺんから爪先《つまさき》まで、経帷子《きょうかたびら》をまとっていたのだ。その表情を覆い隠している仮面は死後硬直の顔そっくりに似せているため、どんなにじっくり観察しても偽装とは気づきにくい。だがこうした出《い》で立ちもすべて、まわりのほうも気の狂《ふ》れたような仮装者たちであるから、受け入れられずとも耐えきれる範囲内であった。ところがこの無言劇役者が限界を踏み外しているのは、「赤き死」の化身を気取っているところにある。その衣装は血にまみれ、広い額及び顔の全面に、恐るべき鮮血が斑点を成していたのだから。

プロスペロー王はこの亡霊のごときすがたに目を留めると（こいつは急がず堂々たる足取りで、あたかも自身の役割を十全に演じようとするかのごとく、踊り手たちのはざまを縫っていたのだ）、まずは恐怖ないし嫌悪感でぶるぶると身を震わせ、つぎに怒りのあまり額を紅潮させた。

「どこのどいつだ」――王は側近たちに嗄《しわが》れ声で尋ねる――「どこのどいつだ、かくも冒瀆《ぼうとく》的な茶番でわれらを愚弄《ぐろう》する不届き者は？　ただちに引っ捕らえ仮面を引っぺがせ――いったいどんなやつが夜明けには胸壁から吊されるのか、とっくりと拝むためにな！」

こうプロスペローが宣告したのは、東側の青い部屋においてであった。その声が七つの部屋すべてにくまなくはっきりと響き渡ったのは、国王自身が剛毅《ごうき》なる人物であるうえに、彼が片手を一振りするやいなや、音楽も中断されたからである。

青い部屋では、国王のかたわらに顔面蒼白《そうはく》なる廷臣たちの一団が控えていた。当初は、国王の宣告とともに、この一団こそが侵入者のいる方へ突進しようとするかすかな気配があった。このとき侵入者はすぐそこまで迫ってきており、いまや慎重かつ荘重なる足取りで、国王との距離をますます縮めていたのだ。しかしこの無言劇役者の身にまとう狂気の扮装《ふんそう》に言いしれぬ畏怖《いふ》を覚えたのか、この連中のうち、じっさいに自らの手を差し出してまで相手を捕まえようとする者はひとりもいない。かくして邪魔だてされることのなくなった侵入者は、国王の身柄まであと一ヤード（約九十センチ）のところまでやって来た。そして、大勢の参会者たちが一気に部屋の中心から壁際へ立ち退《の》くいっぽう、彼は誰の妨害も受けずに、しかし他の会衆には見られぬ荘重にして慎重なる足取りは変わらず、青の部屋から紫の部屋へ——紫の部屋から緑の部屋へ——緑の部屋から橙の部屋へ——橙の部屋からさらに白の部屋へ——そしてそこからさらに菫の部屋へと突き進んでしまい、捕まえるどころではなかったのである。

だがまさにそのときだ、怒り心頭に発するばかりか、しばしとはいえ怯《ひる》んだことに恥辱を覚えたプロスペロー王が、六つの部屋を猛然と駆け抜けて行ったのは。残された連中のほうはみな、あまりの恐怖に駆られるあまり、誰ひとり追従しない。プロスペロー王が引き抜いた短剣を高く掲げたときには、全力で走ってきたため、すでに逃亡者まで三フィート（約九十センチ）ないし四フィート（約一・二メートル）のところに接近していたが、そのとき敵は、黒い別珍の部屋のいちばん端に辿《たど》り着くと、いきなりうしろを振り返り、追跡者と対峙した。耳をつんざく悲鳴が轟《とどろ》き、短剣は一閃《いっせん》して漆黒の絨毯へこぼれ落ち、それをすぐさま追うように、プロスペロー王もまた同じ絨毯へ倒れ込み息絶えた。参会者の一団は、絶望のどん底より強烈な勇気を奮い起こし、すぐにも黒い部屋へと駆け込んでいく。しかし彼らは、黒檀の時計の陰に屹立《きつりつ》して不動の姿勢を保つ長身の仮装者を摑《つか》むやいなや、言いしれぬ恐怖に襲われ、啞然《あぜん》とするばかりであった。というのも、その経帷子と死者をも彷彿《ほうふつ》とさせる仮面を荒々しくも剝ぎ取ってみれば、その下には何の実体もなかったのだから。

そしてこの瞬間である、「赤き死」が入り込んでいるのが確認されたのは。この疫《えき》病《びょう》は、あたかも夜盗のごとくに訪れた。そして仮面舞踏会のメンバーたちは、まさにこの血塗られた会場のさなかで、ひとりまたひとりと倒れ、それぞれが絶望的な姿勢で最期《さいご》を迎えていった。そして黒檀の時計もまた、最後の放蕩者《ほうとうもの》とともに、その生命を終えた。そして三脚台の炎もついに立ち消えた。あとには暗闇と荒廃と「赤き死」とが、いたるところ蔓延《まんえん》するばかりであった。

ライジーア

そして意志は実在し、死に絶えることがない。意志がいかに生命力にみちたものであるか、その秘密は計り知れない。なぜなら、神自身がひとつの巨大な意志なのであり、その計画により森羅万象のすみずみまで支配しておられるからだ。人間は天使にも死神にも惨敗《ざんぱい》することはない、おのれの弱き意志のまさにその弱さに因《よ》る場合以外は。

——ジョゼフ・グランヴィル

いまとなってはどうにも思い出せない、わたしが初めてライジーア姫に出逢《であ》ったのはどのようないきさつからであったか、いつのことであったか、そして正確にはいかなる場所であったか、さえも。長い長い歳月が経《た》ち、甚大《じんだい》なる苦悩を忍んできたがために、もはや記憶も定かではない。もしかすると、いまこうしたことがはっきりしないのは、じつのところ、この最愛の恋人の性格はもちろん圧倒的な学識、風変わりながら静謐《せいひつ》をたたえた美貌《びぼう》、かてて加えて、低く音楽的な言葉づかいで相手を戦慄《せんりつ》させ魅了していくレトリックなどが、確固たる、そして巧妙なる足取りでわたしの心に忍び込み、そもそもの事の起こりをすっかり忘れさせてしまったせいかもしれない。とはいえ初対面以来の逢瀬《おうせ》をくりかえしたのがライン川近くに広々と横たわる滅びゆく古都だったことは、たしかだと思う。どんな家系のもとに生まれたのかについては——もちろんライジーア本人から耳にした。おそろしく長い歴史をもつ家系であるのは、疑いない。ライジーア！　ライジーア！　外界の印象をことごとく削《そ》ぎ落とすたぐいの研究に没頭するうちに、まさにこの甘美なる言葉「ライジーア」を呟《つぶや》くことによってのみ、いまは亡《な》き彼女のすがたが目前に生き生きと甦《よみがえ》る。そしていま、この文章を綴《つづ》りながらたちまち思い出したのは、ライジーアこそ我が友であり婚約者であり、やがて我が共同研究者となり、ついには我が愛妻となったにもかかわらず、彼女の父方の姓については、耳にしたこともなかったということだ。何ともふざけた話だが、これはライジーア自身が責めを負うべきものなのか、それともその点を彼女に尋ねようともしなかったわたし自身の愛情の度合いが問われるべきものなのか、それともこれはそもそもわたし自身の妄想の産物であり、それ自体が、我が比類なき情熱的愛情から成る神殿へ届けられた、狂おしくもロマンティックな捧《ささ》げものなのか？　ほんとうのところは、よもやおぼろげにしか思い出せない——そもそもどんないきさつでこんな事態になったのかをきれいさっぱり忘れてしまっているとは、驚きである。そしてじっさい、もしも偶像破壊的なエジプトの女神、かの物憂《ものう》く幻の如《ごと》き翼をもったアシュトフェットが、言い伝えどおり悪《あ》しき華燭《かしょく》の典を司《つかさど》るならわしならば、まさしく彼女こそはわれらの結婚を司式したといってよい。

とはいえ、いまも決して忘れられないほど狂おしいことがある。それは、ライジーアのすがたかたちだ。背丈はすらりと高く、晩年はやつれたようすであった。どんなに言葉を費やしても表せないのは、彼女の立ち居振る舞いが高貴であり、静謐にして優美であったこと、その足取りがなぜか軽く弾むようであったことである。まるで幻の如くにやってきては、いつのまにか立ち去っている。わたしの密室めいた書斎にもいつのまにか入り込み、気がついたときにはその白く冷ややかな手でわたしの肩にふれ、えもいわれぬ楽の音で甘くささやくのだ。美しい顔にはどんな乙女もかなわない。その輝きはまさに阿片《あへん》幻想、それに浸ると心身ともに宙に浮くかのような夢想をもたらし、その絶大なる威力ときたら、かのエーゲ海はデロス島でまどろむ娘たちが夢見た幻想など、およびもつかない。ただし、顔のつくりそのものは、ふつう異教徒の古典芸術の美学として誤って教え込まれてきたような規格にはうまく適合しないところがある。かつてヴェルラム男爵《だんしやく》たるフランシス・ベーコン卿《きよう》は美の型式と種類をめぐって、こう定義した——「精妙なる美には、どこか全体のバランスを崩すような奇異が含まれているものだ」と。なるほど、ライジーアの顔には古典的な美の基準にあてはまらないところがあること、その美しさがいかに「精妙」でもそこにはかなりの「奇異」なところが染み渡っていることはよくわかっているつもりだが、それでもその規格破りの本質とは何か、自分自身がそうした「奇異」をどう認識しているのかを突き詰めようとすると、たちまちつまずいてしまう。たとえば、その高邁《こうまい》にして純白の額のかたちを見よ、何と完全無欠であることか――いや、完全無欠などという形容詞をかくも高貴なる額にあてはめること自体、何と場違いであることか！ その肌に匹敵するのは純然たる象牙《ぞうげ》以外になく、堂々たる広さと落ち着きを備え、こめかみの上のあたりは優雅に盛り上がっている。そしてその額を、大鴉《おおがらす》のごとくに漆黒で光沢のある、豊潤にして自然な巻き毛が覆《おお》い、ホメロス風形容詞で言うところの「ヒヤシンスのごとき可憐《かれん》さ！」を地でいくほどだ。さらにその鼻の絶妙なかたちに目を向けると、古代イスラエル人の手になる円形浮き彫りの肖像画に優《まさ》るとも劣らぬ完成度を誇る。鼻の表面は同じく豊かにしてなめらか、よくよく見ればほんのわずかに鷲鼻《わしばな》となる傾向があるにすぎず、じつに均衡の取れた鼻翼のラインは自由な精神を物語る。ライジーアの口もともまた、すばらしい。ここにこそ、ありとあらゆる崇高なる恵みが注がれている。上唇が小さくも美しい輪郭を保ち、下唇が柔らかくも官能的に沈みこみ、しかもえくぼがお茶目で、顔が紅潮するだけで意味深で、その歯はびっくりするほど鋭くきらめく――まさにそのとき歯が反射する聖なる光が、彼女が静かながらも燦然《さんぜん》と微笑《ほほえ》むたびごとに、まぶしく輝く。顎《あご》はといえば、やはり優雅なる広さに感じ入り、ギリシャ的な寛容と威厳、成熟と精神性を、とりわけアポロ神がアテナイ人画家の子たる彫刻家クレオメネスに夢の中でのみ示したような身体の美学を反映した

とし か言いようがない。そしていよいよわたしは、ライジーアの大きな瞳《ひとみ》をのぞきこむ。

その瞳ばかりは、いかなる古典芸術にさかのぼっても先例がない。おそらく、わが最愛の人の瞳にも、フランシス・ベーコン卿の示唆《しさ》する美の奥義がひそんでいるということなのであろう。われわれの民族の基準からすると、はるかに大きな瞳だったはずなのだ。ヌーアジャハードの谷に暮らす部族の、羚羊《かもしか》並みにまるまるとした瞳よりも丸い。しかし、それはときおりのことで、燃えさかるような瞬間を迎えない限りは、ライジーアがそんな特徴をかすかにでも示すことすら、ありえない。そして、まさにそんな瞬間にこそ彼女の美しさが光り輝く——わたしが熱っぽい妄想に駆られているためそう見えるのかもしれないが——その美しさはこの地上のはるか高みに、あるいは地上ならざるところに属する——トルコ民族が伝える、イスラームの極楽で待ち受ける完全無欠な乙女の美しさといってよい。その目の色は鮮やかきわまる黒で、そのはるか上にかかるのは長い長い黒睫毛《まつげ》だ。眉《まゆ》もまた、かすかに不規則なかたちながら、まったく同色。だが、わたしが彼女の目に見出《みいだ》した「奇異」というのは、目の形状とか色合いとか輝きといったたぐいのものではなく、つまるところ、目の「表情」にまつわるものなのである。おお意味なき言葉！　しかしその単語の響きが秘める巨大な領野の裏側に埋《うず》められてきたものこそ、わたしたちの精神的なるものに対する無理解であろう。ライジーアの眼の表情！　どれだけ長い時間をかけて、わたしはそのことをあれこれ考えてきたことか！　真夏の夜のあいだじゅう、いかにその秘密をつかむべくあがいてきたことか！　わが最愛の女性の瞳深くに眠り、デモクリトスの井戸より深い「瞳の表情」とは、いったい何か？　それはいったい何だったのか？　わたしは何とかしてその秘密を発見したいという情熱に駆られていた。彼女のあの眼だ！　あの大きくて輝いていて神々《こうごう》しくさえあるあの眼だ！　わたしにとってライジーアの瞳は双子座でひときわ輝くレダゆかりの双子星と化し、その瞳にとってわたしは最強の占星術師と化した。

人間の心のメカニズムには多くの不可思議な謎《なぞ》があるものの、そこには何にも増して戦慄を覚えるほどに刺激的な事実、しかも学校などでは断じて教えられることがなかったと思われる事実がひそむ。それは、はるかむかしに忘れてしまったことをけんめいに思い出そうとするうちに、あとほんの少しで思い出せるぎりぎりのところまで来ているのに、けっきょくはとうとう思い出せなくなってしまう、ということだ。かくして、ライジーアの瞳をめぐってじっくり考え抜いていくうちに、わたしはその表情の極意にまさしく近づいたのを感じたが——その表情の極意そのものが近づいてくるのを感じたが――しかしそっくり手に入れることはできず、しまいには見失ってしまったのだ！　そして（奇異なることに、いやはや何よりも奇異きわまることに！）わたしは宇宙のどんなにありきたりな事物のうちにも、その表情に似たものをつぎつぎと連鎖的に見出してしまうようになった。まじめな話、ライジーアの美しさがわたしの精神の中へ入り込み、あたかもそこを聖堂として住まうようになったあとには、この地上の森羅万象から、彼女の大きく輝く瞳に啓発されたのとおなじ情緒を見出すようになった。にもかかわらず、わたしにはその情緒を定義することも、分析したり、じっくり観察したりすることすら、できはしない。くりかえすが、わたしはその情緒が往々にして立ち現れるのを認識したのだ――たとえば成長の早いブドウの木を調べるうちに、そして蛾《が》や蝶《ちょう》やさなぎや、ひいては水の流れを見て思いをめぐらせるうちに。さらには、大海のうちに、落下する隕石《いんせき》のうちに、並はずれて年老いた人々のまなざしのうちに。そしていくつかの天体のうちにも（ひとつ挙げるなら、琴座の巨大な星の近くに位置する、第六等級の二重星にして変光星）望遠鏡でじっと観察しながらそんな感情を呼び起こすものがあった。かてて加えて、そんな情緒に満たされるのは、弦楽器の一定の音色を耳にしたときであり、頻繁には、本を読んでいて何らかの文章に行き当たったときだろうか。その実例は枚挙にいとまがないが、はっきり覚えているのは、ジョゼフ・グランヴィルの本を読んでいて、以下の文章を目にしたときのことで、それによって（おそらくはいささか風変わりな趣向のせいだったと思うのだが、よくわからない）またぞろあの情緒が甦ってきたのだ――「そして意志は実在し、死に絶えることがない。意志がいかに生命力にみちたものであるか、その秘密は計り知れない。なぜなら、神自身がひとつの巨大な意志なのであり、その計画により森羅万象のすみずみまで支配しておられるからだ。人間は天使にも死神にも惨敗することはない、おのれの弱き意志のまさにその弱さに因る場合以外は」

長い歳月を費やして考え続けたあげく、わたしはとうとうこのイギリスの倫理学者の言葉とライジーアの人格の一部分とのあいだに間接的にせよつながりがあることがわかった。ライジーアの思考や行動、あるいは表現が強烈なのはおそらく、われわれの長年の交流のうちにはっきりとそれが存在する証拠があらわになった、かの巨大なる意志の力の成せる業か、少なくともそのしるしなのであろう。これまで見てきた女性たちのうちでも、ライジーアのように、見たところはおとなしくいつも落ち着いているようでいて、じつのところ、激情という名の貪婪《どんらん》なる猛禽《もうきん》に対し、誰よりも狂おしく身を任せた者はいない。そして、かような激情に対して評定するとしたら、その尺度となるのは、わたしに歓喜と恐怖とを同時に与えるあの不思議なほど大きな瞳であり——限りなく魔法的な旋律と変化、個性と静謐を示すあの低い声であり——そして彼女がいつも繰り出す、強烈なるエネルギー（それは彼女の語り方と好対照を成すため効果は倍増した）にあふれるあの狂おしいほどの言葉であった。
ライジーアの学識について語るならば、それは該博というしかない——女性としては例外的なほどに。まず古典語にはすべてきわめて堪能《たんのう》であったし、わたしの知る限りのヨーロッパ系の現代語にも隙《すき》のないほどに通暁《つうぎよう》していた。学問の世界できわめて高度にして最も難解なものであっても、だからこそ最も高尚とされている話題であっても、ライジーアが誤ったことはない。わが妻の性質のうちこの一点が、その晩年を迎えて気になるようになったのは、じつにおかしなことだが、しかし同時に、何ともぞくぞくする体験であった。わたしはいま、彼女の学識が女性としては例外的なほどのものだ、と述べたが、しかしひるがえってみるに、そもそも男に限ったところで、倫理学や物理学、数学といった幅広い学問領域を渉猟し成果を収めた者がいるだろうか？　あのころのわたしには、いまこそはっきりとわかった事実を、すなわちライジーアの学識がいかに絶大で驚異的なものであるかを、おいそれとは理解できなかったのだ。その代わり、少なくとも彼女が自分よりはるかに優っていることはじゅうぶんに意識していたから、幼児のごとく全幅の信頼を寄せ、みずからを彼女の導くままに委《ゆだ》ね、結婚当初はいちばん没頭していた形而上学《けいじじょうがく》的探究の混沌《こんとん》世界を突き進んでいた。したがって、彼女の手ほどきによりほとんど未踏にして未知の学問研究へ招かれ、めくるめく展望が徐々に目前に開け、その長く壮麗にして未踏の道を歩んでいけばあまりにも崇高なる禁断の叡知《えいち》をつかみとることができるのだと実感したときほど、わたしが得意満面、喜びに打ち震え、将来への夢で霊妙にも舞い上がる気分を覚えたことはない！

だからこそ、それから数年後、これほどに実感した未来への夢が自ら羽ばたき飛び去ってしまったときには、痛恨のきわみであった。ライジーアなくして、わたしは暗《くら》闇《やみ》を手探りする幼児同然。彼女がそこにいてくれるということは、仮に彼女が読んだ本の話をしてくれるだけであっても、わたしたちがそのころ浸《つ》かりきっていた先験哲学（超絶主義）をめぐる数々の謎を鮮やかに解明してやまなかった。彼女の目の輝きが失われていくにつれて、学問のほうも、いかなる輝きをも失い、鉛以上に鈍る一方。やがて彼女の瞳はもう、わたしの読む本に視線を落としても、光ることは少なくなった。ライジーアは病気になったのだ。狂おしい瞳はあまりにも輝かしい光で燃えていた。純白の指は墓石を磨く透明な蠟《ろう》のごとく生気のないものだった。そして誇り高き額の上の青い静脈が、穏やかな感情の波に合わせ激しく浮き沈みをくりかえしていた。

彼女が死んでしまう――そう思ったからこそ、わたしは心のうちで陰鬱《いんうつ》なるユダヤの死の天使アザレルとけんめいに格闘したものだった。情熱的な妻自身の格闘はといえば、驚いたことに、わたしなど足下にも及ばぬほどにエネルギッシュだった。彼女は断固たる性格であるから、自分にとって死ぬことには何の恐怖もないだろう、という信念があり、かつてはそれを強く主張してやまなかったのだが――しかし現実はちがう。ライジーアが死の影に対しいかに激しく抗争したかを伝えるのに、言葉は無力だ。その痛ましいすがたを目にして、わたしは苦悩にうめいた。何とかなぐさめることも説得することもできたろう。しかし、狂おしいほどに生きることを、そう、生きることだけを求めてやまないその渦中《かちゆう》にある人物にとって、慰安や正論は何の助けにもならない。とはいえ最期《さいご》のときを迎え、彼女の強烈な精神が痙攣《けいれん》を起こし苦悶《くもん》するようになるまでは、ライジーアは少なくとも外観的には平静を崩してふるまうことはなかった。彼女の声はどんどん穏やかに、どんどん低くなっていく――だがわたしはそのとき、静かに語られた言葉が秘める恐るべき意味までは考えたくなかった。彼女の言葉に恍惚《こうこつ》として耳を傾けながら、わたしの脳はその天上のメロディに眩惑《げんわく》されていたのだ。――ということは、これまで人類が知りえなかった思想や野望に眩惑されていた彼女がわたしを愛していたことに疑いはない。そして、彼女のような内面の持ち主において、その愛がありきたりの情熱であるはずがないことぐらい、容易に推察できたろう。だが死の間際《まぎわ》になって初めて、わたしは彼女の愛情がいかに強いものであったかを印象づけられた。何時間も何時間もわたしの腕を引き留めるようにして、彼女はわたしにあふれんばかりの心の内をぶちまけ、その過剰に情熱的な愛着の念は偶像崇拝めくほどであった。はたしてわたしは、こうした告白で崇《あが》められるに足る人間だったろうか？　はたしてわたしは、まさにこうした告白をなしている最中《さなか》の最愛の妻を失うほどに呪《のろ》われるべき存在だったろうか？　だがこの問題については、これ以上詳しく語るまい。さしあたって言えるのは、ライジーアがあまりにも女性的に愛する者に対して——それも、何とそれだけの愛を受けるにはとうてい価《あたい》せず、不当に崇められているとしか思われないわたし自身に対して——身を捧《ささ》げるのを見るうちに、わたしはようやく彼女が狂おしいまでに真摯《しんし》な想《おも》いで、いまにも消え去らんとしている生命をいったいなぜ熱望してやまないのか、その根本を理解したということだ。この狂おしき熱望こそは——この強烈きわまる生への熱望、ただ生を願い求める気持ちこそは——わたしの力ではとうてい描き出すことのできないもの、いかなる言葉でも表現しえないものなのである。

そしていよいよ死の迫ったあの真夜中、ライジーアはわたしをそばへ呼び寄せ、つい最近書き上げたという詩をくりかえし読むよう命じたのだ。わたしは彼女に従った。以下にその作品を引く。

見よ、寂寞《せきばく》とした晩年のうちに迎えた
この歓楽の一夜を！
天使たちの一団が羽根を拡《ひろ》げ、きらびやかに着飾りつつも、
ヴェールをまとい、涙にくれ、
劇場に腰かけて
希望と恐怖がないまぜになった劇を観《み》ている、
その一方ではオーケストラが時折思い出したように
天球の音楽を奏《かな》でる。

物真似師《ものまねし》たちは、天にましますすがたで
くぐもったように呟《つぶや》き、
そこここへと飛び回る
彼らはまさしくあやつり人形、

その動きのすべてを司《つかさど》るのは巨大で形なきものたち、
この黒幕たちこそが場面をせわしなく転換しつつ、
そのコンドルの翼より叩《たた》き出《いだ》すは
目に見えぬ悲嘆！

かくも色とりどりの劇よ！　――おお、たしかに
これを忘るることなかれ！
そのまぼろしはいつまでもいつまでも
群衆に追いかけられるもついぞ捕らえられることなく、
ただひとつの一点へ
永劫《えいごう》回帰をくりかえす、
そして絶大なる狂気とそれ以上の罪および恐怖とが
劇のプロットの核心を成す。

しかし見よ、物真似師たちの一団より、
何ものかが這《は》いずりながら忍び込むのを！

血のように真っ赤な生き物が書割の荒野より
のたくるように這いだしたのだ！
こいつは凶器の牙《きば》を剝《む》き、そこらをくねくねのたうちまわる！
道化師たちは喰われてしまい、
熾天使《してんし》たちはこいつの毒牙《どくが》が人間の血糊《ちのり》で
染まっているのに涙する。

ふっつりと――ふっつりと光がかき消えて――暗転した！
そしてすべての震える人影を覆《おお》い隠すべく、
葬儀の黒幕めいたカーテンが
怒濤《どとう》のごとくに落下し、
そして一様に顔面蒼白《そうはく》なる天使たちが
立ち上がってはヴェールを剝《は》ぎ取り、こう主張するのだ、
いまの劇こそは「人間」と題する悲劇だ、
その主役こそは征服者蛆虫《うじむし》なのだ、と。

わたしが詩の最終行を読み上げていたまさにそのとき、「ああ神様！」と半ば金切り声をあげたライジーアは、いきなり起きあがり、その両腕を痙攣させて宙へ差し出した。「おお神よ！　天にまします父よ！　このドラマは断じて変わらぬものと定めておられるのでしょうか？　この征服者蛆虫そのものを征服されることはないのでしょうか？　わたしたちはあなたの一部ではなかったのでしょうか？　意志がいかに生命力にみちたものであるか、その秘密は計り知れません。人間は天使にも死神にも屈することはないでしょう、おのれの弱き意志のまさにその弱さに因《よ》る場合以外は」

そしてとうとう、あふれだす激情で消耗しきったかのごとく、ライジーアは白い両腕を下ろし、超然と死の床へ戻った。そして最期の吐息には、唇よりくぐもった呟きが入り交じって聞こえた。わたしは彼女の唇に耳を近づけ、そしてそれが再び、かのグランヴィルの言葉の結論部であるのを聞き分けた。「人間は天使にも死神にも惨敗《ざんぱい》することはない、おのれの弱き意志のまさにその弱さに因る場合以外は」

彼女は死んだ。そしてわたしは、悲嘆のうちにライジーアのなきがらにくずおれ、もはやこれ以上、ライン河畔で暗く滅び行くこの街に物わびしいまま暮らし続けることはできなくなっていた。わたしは世間的に財力と呼ばれるものには縁がなかったが、ライジーアは尋常ならざる額の遺産を残してくれていた。ゆえに数ヶ月のあいだ、物《もの》憂《う》くあてもない放浪の旅を続けたあげく、わたしは麗《うるわ》しきイングランドのなかでもいちばん荒れ果て、訪れる人もほとんどいない土地のひとつにさまよいこみ、そこに建っていた僧院を買い取り、いくぶん修繕したが、この屋敷には名を付けるつもりもない。この屋敷の陰鬱で荒涼たるありさまはむしろ壮観、しかも領地そのものがほぼ荒地の様相を呈しており、これら屋敷と領地双方が醸《かも》し出す多くの憂鬱にして由緒《ゆいしょ》ある記憶は、すべてに絶望し打ちひしがれたあげくに、かくも辺鄙《へんぴ》で人里離れた田舎へ引きこもることになったわたしの気分と、ぴったり調和していた。もっとも、僧院の外壁こそ苔《こけ》におおわれるままにしておいたが、その内装については、ついにわたしは子どもじみた天邪鬼《あまのじやく》にかられて、またおそらくは自分の落ち込んだ気持ちを何とかしたいというかすかな望みにすがるつもりで、王族ですら叶《かな》わぬほどの豪奢《ごうしゃ》な装飾を施したいという欲望に屈したのだった。どうしてかくも愚かしい真似をしたかといえば、わたしは遠い子どものころ、ひとつの美学だけは吸収していたのだけれども、まさにそれが、悲しみのどん底で耄碌《もうろく》したせいか、あざやかに甦《よみがえ》ってきたというわけだ。悲しいかな、これら豪華で夢幻的な緞帳《どんちょう》や、エジプト製の荘重たる彫刻群、奇怪なる天井蛇腹と家具、ふさふさとした金襴緞子《きんらんどんす》の絨毯《じゅうたん》に見られる異常な模様の数々には、わたしが発狂しかけていたことの証《あかし》をたっぷりと見《み》出《いだ》すことができるだろう！　わたしは阿片《あへん》にがんじがらめになった虜《とりこ》であったから、何を作るにも何を指図するにも、麻薬幻想によって着色されていた。とはいえこれほどに馬鹿《ばか》げた所業も、あまりこまごまと述べ立てるには及ばぬ。ここでは呪われたひとつの部屋について語るにとどめよう、それこそわたしが孤独感にさいなまれていた時期に、挙式後、祭壇より連れ帰った花嫁を招き入れたところだからだ。そう、この花嫁こそは忘れようもないライジーアの後を継ぐ、金髪碧眼《へきがん》の娘、トレメインのロウィーナ・トレヴァニオン姫にほかならぬ。

この花嫁の部屋の建築と装飾のそこかしこを、わたしはいま一望のもとに収めている。花嫁の傲岸不遜《ごうがんふそん》なるあの家族の魂はどこに息をひそめているのだろうか、とりわけ黄金への飽くなき欲望にかられて、まだ男を知らぬ最愛の娘を差し出し、ごてごてと飾り立てたこの豪邸へ嫁がせたときの魂は？　すでにわたしはこの部屋のすみずみまで熟知していると述べたが――しかし悲しむべきことに、由々しき瞬間がどうであったかという件については定かではない――邸内の幻想的装飾に関する限り、そうした記憶をしっかり捕まえ保っておくにはどうすればいいか、確固たる方法論を秘めているわけではない。花嫁の部屋は限りなく城に近いこの僧院の上方へそびえる小塔に位置しており、五角形に縁取られ、ひろびろとしていた。五角形のうち南側の壁にはひとつだけ窓があり、そこにはヴェニス製の巨大でヒビひとつないガラスが嵌《は》め込まれ、しかも鉛色だったものだから、ここより太陽や月がさしこむと、室内に置かれた物品がいともおぞましき光彩を放つ。この巨大な窓の上方には、老いたるブドウの蔓《つる》が格子《こうし》状に伸びており、小塔の重厚なる壁を覆い隠す。陰鬱なる樫材《かしざい》で作られた天井はあまりにも高く蒼穹《そうきゆう》を成し、そこに巧みに施された格子細工は、セミ・ゴシック風にしてセミ・ドルイド風の奇妙奇天烈《きてれつ》、グロテスクきわまるデザイン。この憂鬱にそびえる天井の奥の奥からは、長大な環《わ》のついた黄金の鎖が一本垂れ下がり、同じ金属から成る巨大な香炉を吊《つる》している。この香炉は、その模様こそサラセン風ながら、巧妙に穿《うが》たれた穴が随所に空いており、そこからは、あたかも強靭《きようじん》なる蛇がのたうちまわるがごとく、多彩なる炎が首を出し入れし続けているのだった。

東洋的なデザインの背なしの腰掛けや黄金の燭台《しよくだい》があちこちに配置されており、そこには花嫁専用のベッドも置かれていた——そう、インド製で背は低く、頑丈な黒檀《こくたん》に彫刻が施され、上方には葬儀の幕にも似た天蓋《てんがい》が覆っている。部屋の五つの隅には黒みかげ石製の巨大な石棺が、エジプトはルクソル市の真向かいにある王家の墓よりはるばる運び込まれていたが、その古色蒼然とした蓋《ふた》に目をやると、太古の彫刻でいっぱいだ。しかしこの部屋の緞帳のうちにこそ、何たることか、とてつもない幻想絵巻が描き込まれていた。この部屋の壁は高く巨大で、それにより部屋全体のバランスを崩しかねないところもあるのだが、そのてっぺんから足もとにいたる全体を飾っているのが、分厚く襞《ひだ》を成す、重厚なるタペストリーなのである。しかもこのタペストリーの素材ときたら、床を埋め尽くす絨毯とも同じで、背なしの腰掛けや黒檀のベッドとも、ベッドを覆う天蓋とも、はたまた窓からの光を一部さえぎり豪奢に渦巻くカーテンとも同じ、贅《ぜい》をこらした金襴緞子であった。そこにはいたるところ、不規則な間隔で直径一フィート（約三十センチ）余りにもなろうかというアラベスクなすがたかたちがちりばめられ、布にはあたうかぎり漆黒の模様で刺繡《ししゅう》が施されていた。しかしこれらのすがたかたちが真にアラベスクな性格を帯びるのは、ひとつの視点から眺めた場合に限られる。いまや一般的となったものの、もとをたどればはるかな古代にまでさかのぼる意匠によって、このアラベスク図像は、角度によって様相を変えていく。この部屋に足を踏み入れた瞬間であれば、まさしく怪物的に見える。だが、さらに部屋の奥まで入りこむと、そんな印象は次第に消えてしまう。訪問者はこの部屋の中で一歩一歩、その位置を移動するにしたがい、自分がノルマン民族の迷信に根ざし、修道僧の罪深き夢にも取り憑《つ》いたであろうグロテスクな図像の群れからどこまでも逃れられないのを実感するのだ。かくも走馬燈《そうまとう》のごとき効果が一気に高まるのは、緞帳の裏からわざと強風を絶えることなく注ぎ込み、このタペストリー芸術全体がいまにも動き出す化け物であるかのような様相をきたすときである。

このような大広間で——このような花嫁の部屋で——わたしはトレメイン姫とともに、結婚生活一ヶ月目の呪われた時間をすごしたが、その間、不穏な気分が消えることはなかった。新妻がわが激越なる不機嫌の虫におびえるばかりか、わたしを避けいっこうに愛する気配がないことに、気づかないわけにはいかない。だが、そのことでわたしはむしろ喜びをおぼえたものだ。わたしは人間ならぬ悪魔のごとき憎悪《ぞうお》によって彼女を呪った。わたしの記憶はたちまちのうちに（おお、それも激しい後悔の念を伴いつつ！）ライジーアのほうへ、あの最愛にして才色兼備の亡《な》き妻のほうへ舞い戻った。ライジーアがいかに純粋で聡明《そうめい》で気高く超然としていたか、いかに情熱的で偶像崇拝まがいの愛情を降り注いでくれていたかを思い出し、歓喜に打ち震えたものだ。さていまとなっては、わたしの精神はかつてのライジーアの精神をはるかにうわまわるほどに強く激しく燃えさかっている。阿片幻想で興奮したわたしは（そう、麻薬でがんじがらめの日々であったから）、夜の静寂のうちで、あるいは、昼日中であってても光をさえぎる峡谷のくぼみに引きこもりながら、ライジーアの名を大声で叫んだものだった。強烈な切望や崇高な情熱、はたまた死せる妻を恋《こ》い焦がれる焼けつくような想《おも》いに駆られて、ついにライジーアをかつて彼女自身が見捨てたこの道、この地上の世界へ引き戻せるかのように——そう、まさか永遠の別れではあるまい、と思ったからだ。

結婚生活も二ヶ月目に入ったころ、ロウィーナ姫は不意の病に倒れ、遅々として回復しなかった。彼女の熱はその身体《からだ》をむしばみ、来る日も来る日も不安が続いた。そして混乱のうちに半ばまどろんでいた彼女は、小塔の内部やその周囲から奇妙な物音がする、何ものかが蠢《うごめ》く気配がすると語り始めるていたらくであった。とはいえ、それは彼女自身の精神状態がおかしくなっているせいか、それともこの部屋そのものがもつ怪奇幻想の雰囲気のせいであるとしか、考えられない。彼女はとうとう回復し快方へ向かった。とはいえ、これも小康状態のようなもので、すぐにもつぎの獰猛《どうもう》なる病が襲いかかり、彼女は苦しみの床につく。こんどの症状はあまりにひどく、もともと弱かったその身体はぼろぼろになった。この時期を経て、その病は深刻なる性質のもの、ますます深刻なかたちで再発するたぐいのものであり、主治医の知識や技術ではとうてい太刀打ちできないことが判明する。この長い病は明らかに彼女の身体をがっちり支配し、いかなる人智《じんち》をも寄せ付けない。かくして、かくなる病がますます増長するにつれ、とうとうわが妻はその精神においても神経の不調をきたし、ほんのちょっとでも恐怖の種を見つけるとあわてふためく傾向が、どんどん激化していった。彼女はまたもや――そして以前よりも頻繁かつ頑迷に――タペストリーの内部からかすかな物音がし、尋常ならざる蠢きの気配がすると、かねてからの懸念《けねん》をくりかえすようになった。

　あれは九月の末だったろうか、ある晩のこと、ロウィーナはこの不安の種のことを、いつになく強調してわたしの注意を促した。そのとき彼女は不穏なる眠りから覚めたばかりで、わたしは半ば胸騒ぎから、半ばわけのわからぬ恐ろしさから、そのやつれた表情の動きをじっと見守っていた。わたしは彼女の黒檀のベッドのかたわら、インド製の背なし椅子《いす》に腰掛けていた。彼女はやや身を起こし、たったいま聞こえた物音のことを、真摯《しんし》なる低い声で囁《ささや》いたが、しかしわたしのほうはそんな物音も聞こえず、さらには彼女が見たという何ものかが蠢く気配すら目にすることはない。タペストリーの背後では風が激しく吹きつけていたから、わたしが彼女に明かそうと思ったのは(正直にいうなら、まったく信じられなかったことなのだ)、壁にかかったタペストリーのすがたかたちがほとんどかすかにではあるものの息づき、ゆるやかにではあるが動き出しているのは、いつものように風のいたずらによる自然現象なのだ、ということだった。とはいえ顔面蒼白になった彼女のようすからすると、彼女をなだめるためのせっかくの努力も、水の泡。ロウィーナがいまにも失神するかのようだったので人を呼んだが、なしのつぶてだ。わたしは彼女の主治医のいつけどおりに用意した薄めのワインのデカンターのありかを思い出し、取りに行こうと部屋を横切る。ところが、まさに香炉の灯の真下を通り過ぎようとしたそのとき、驚くべき出来事がふたつ起こった。ひとつは、目には見えないのに手ごたえのある何かが、わたしのかたわらをすっと通り過ぎていったことだ。もうひとつは、黄金の絨毯の上に、それも香炉からの光であかあかと照らし出されている部分の中央に、ひとつの影が——それも天使のようなすがたではあるもののぼんやりとして見きわめがたい影が——横たわっているのを見たことだ——それはまるで影のそのまた影のようだった。けれどもこのときのわたしは阿片の吸い過ぎで気持ちが異常に高ぶっていたため、こうした出来事についてもほとんど気に留めず、ロウィーナにも報告しなかった。さっそくワインを見つけると再び元いたところへ戻って、グラスになみなみと注ぎ、それを朦朧《もうろう》とする姫の口元へ近づけた。しかしそのときにはもう、ロウィーナはいくぶん良くなっていて、自らグラスを手に取るほどであり、いっぽうのわたしはといえば、そばの背なし椅子に身を沈め、彼女のすがたをじっと見守るばかり。そしてそのときだ、何ものかが絨毯の上を優雅に歩み、ベッドのほうへやってくるのが、はっきりわかったのは。そのあとすぐ、ロウィーナがまさしくワイングラスを口元に運ぼうとしているさなかに、わたしは見た——あるいは見たかのような夢を見たのかもしれないが——そのワイングラスの中へ、あたかもこの部屋の空気にひそむ透明なる泉からしたたるかのごとく、あざやかな真紅の液体の大粒のしずくが三滴か四滴、零《こぼ》れ落ちていったのを。だが、わたしとは異なり、ロウィーナは気づかない。彼女はワインを一気に飲み干した。そしてわたしは彼女には断じて語るまいと決心したのだ、何か出来事が起こるにしても、けっきょくのところ、姫の恐怖感や阿片や時間のせいで病的に活性化してしまった想像力の成せる業にちがいないと思われることを。

だがそんな思いも隠し通せなくなったのは、真紅のしずくがワイングラスにしたたるやいなや妻の病状が悪化したのを見たからだ。そのあげく、それから三日目の晩には、彼女の召使いたちが墓の準備に奔走し、そして四日目の晩には、わたしはただひとり、経帷子《きようかたびら》に包まれた遺体とともに、かつて彼女を花嫁として迎え入れたこの幻想的な部屋に座り込んでいた。——奇怪なる幻想が阿片の力により呼び起こされ、影のようにゆらめく。わたしは不安なるまなざしを部屋の五隅に置かれた石棺にふりむけ、さらに緞帳のなかで刻々と変容する模様を、ひいては頭上でゆれる香炉でのたうつ多彩なる炎を凝視した。そして、以前の晩の出来事を思い出したわたしは、燃えさかる香炉の真下へ、あのとき何ものかの影がかすかに去来したかに見えた地点へと、視線を移す。もはやそこには、何もいない。ホッと一息ついたわたしはベッドの上に横たわる蒼白にして硬直した遺体へ目をやる。このときだ、ライジーアをめぐるありとあらゆる思い出が沸き起こり、わたしの心に、怒濤《どとう》のごとき洪水とともに、彼女の亡骸《なきがら》に接したとき感じた表現しえない悲哀の総体が襲いかかってきたのは。夜は更《ふ》けていった。そしてわたしは、なおも唯一無二《ゆいいつ》にして最愛の存在に対する悲しい想いで胸をいっぱいにしたまま、ロウィーナの遺骸《いがい》を見つめ続けていた。

あれは真夜中だったか、それより前であったか後であったか、時間を記録していたわけではないので定かではないが、低く静かな、それでいてじつにはっきりと聞こえる声で誰かがすすり泣くのが聞こえてきたので、びっくりしたわたしは夢から醒《さ》めた。その声は黒檀のベッドから、そう死の床から聞こえてくるように感じた。迷信めいた恐怖におののきながら耳を傾けたものの、二度と聞こえはしなかった。ロウィーナの屍《しかばね》に何か動きがあるのかと目を凝らしてはみたものの、ぴくりともしない。だが、あれが気のせいだったとは思えないのだ。いかに弱々しくとも、あの物音を耳にしたのはたしかなことで、その結果、わたしの内なる魂が覚醒《かくせい》した。だから決意を固めて根気よく、遺体を見守った。何分も経《た》ってから、謎《なぞ》を照らし出すような出来事が起こる。たいへんかすかで弱々しく、ほとんどわからない程度ではあるものの、彼女の頬にも瞼《まぶた》の沈んだ静脈にも、血色が甦《よみがえ》ったのが判明したのだ。言いしれぬ恐怖や畏怖《いふ》を、それも人類の言語ではとうていじゅうぶんに生き生きとは表現できそうもない感情をさまざまにくぐり抜けたあげく、心臓が止まり、坐《すわ》ったまま手足が硬直するのを感じる。とはいえ、義務感は最後まで残っていて、何とか冷静を取り戻す。もはや疑いようもない、わたしたちは葬儀の準備を早まったのだ――ロウィーナはまだ生きている。すぐにも手を打つ必要がある。とはいえこの小塔は召使いたちの暮らす修道院部分とはまるっきり離れているため、誰かを呼ぼうにも届かない。何分も部屋を空けてまで誰かの助けを求めることは、できない相談だった――そんな危険を冒すわけにはいかない。だからわたしはたったひとりで、まだ死に損ねて漂っているであろう彼女の霊魂を呼び戻そうと躍起になった。ところが、すぐにも明らかになったのは、再び容態が悪化したことである。瞼からも頬からも血色が失われ、大理石以上に青白くなった。その唇は死のおぞましき形相のなかで二重にしぼみ、やつれていた。たちまちのうちに全身の表面一面が冷え切っていく。そしてすべての過酷な疾患がすぐ併発した。いちどは驚いて立ち上がったはずのソファに震えながら立ち戻ると、わたしはまたしても、かのライジーアの情熱的で活発な幻影に身を任せるのだった。

一時間が経ったころ、再び（そんなことがありうるか？）ベッドのほうから何かしら異音がするのが聞こえた。耳を澄ましたが――恐ろしさは極限に達している。同じ音が再び聞こえた――ため息だ。妻の亡骸に駆けつけたわたしは、そこで彼女の唇がふるえているのを見た――はっきりと見た。一分ほどしてその唇は柔らかくなり、真珠のごとく輝かしい歯並びが洩《も》れる。いまやわたしの胸のうちでは、驚愕《きょうがく》が沸き起こり、それまで優勢だった深い畏怖の念とのあいだで闘争をくりひろげている。わたしは視力が衰え、理性も怪しくなっているのを感じた。いささか手荒な手段によってのみ、わたしはとうとう、いまいちどやらねばならぬと思う仕事にとりかかることができた。いまではロウィーナ姫の額にも頬にも喉《のど》にも、わずかながら輝きが戻り、その全身に体温が戻ってきているのがわかる。心臓のほうもかすかながら脈打ち始めた。ロウィーナ姫は生きている。そこでわたしは、いや増す情熱を注いで、彼女を復活させる作業に着手した。まずこめかみや両手をこすって温め、お湯に入れ、経験則と医学知識の命ずるとおりに、ありとあらゆる努力を惜しまなかった。ところが、うまくいかない。突如として、血色がなくなり、心臓も鼓動しなくなり、唇もあの死者の表情へ戻ってしまい、そのすぐあとには、全身が凍りついたかのごとく、青ざめて強烈に硬直し、その輪郭もくぼみ、何日間も墓に入れられていた者だけがもつおぞましき特徴すべてが残るばかりであった。

そしてまたしてもわたしは、ライジーアの幻影への想いに沈む——そしてまたしても（こう綴《つづ》りながら震えているのだから驚きだ）そうまたしても、わたしの耳にはあの黒檀のベッドから低いすすり泣きが聞こえてきたのである。とはいえ、いったいなぜわたしは、あの晩の言い知れぬ恐怖を詳述しようとするのか？　いったいどうしてわたしは立ち止まっては、どんよりと夜が明けていくころまで何度も何度も、あのおそろしい再生のドラマがくりかえされたことを物語ろうとするのか？　そして、いちど甦りそうだった身体が凄《すさ》まじいかたちで逆戻りし以前よりも硬く治しようのないように見える屍体《したい》へと転じていったことを。そのたびに苦悶《くもん》する彼女はあたかも目に見えぬ敵と戦っているようであったことを。ひいては、そのたびの闘争が、なぜかは知らねど屍体の外観が凄まじい変貌《へんぼう》を遂げるという顚末《てんまつ》を迎えてきたことを。さあ結末へ急ごう。

おそろしい夜の大半はすでに終わろうとしていたが、まさにそのとき、死んでいたはずの彼女がいまいちど動いたのだ——絶望的ともいえるおぞましき壊滅状態から甦ろうとしているとはいえ、こんどはこれまでよりも生き生きとした動きを見せている。わたしはずっとあがくことも動くこともやめ、背なし椅子にじっと腰掛けたまま、怒濤のように荒れ狂うもろもろの感情に、そのうちでは究極の畏怖すらもさほど怖《おそ》ろしくも強烈でもないような感情の一群に、押し流されるままになっていた。くりかえすが、ロウィーナの屍体は、前よりも生き生きと動き始めている。生気を示す血色が異常なエネルギーとともに表情を照らし出し、手足は柔らかくなり、そして、瞼がまだしっかり閉じられたままでいること、墓の布や緞帳《どんちょう》がいまなおこの人影には屍体めいた印象を与えていることを別にするなら、わたしはロウィーナがまさしく死の桎梏《しっこく》からことごとく解き放たれたのだという夢を見ていたのだろうか。こんな考えはそのときですら鵜呑《うの》みにはできないかもしれない。にもかかわらず、いまのわたしはもはや疑う気持ちはないのだ。というのも、かつて経帷子に包まれていたはずの人影がベッドから起きあがり、おぼつかない足取りで歩き出し、目を閉じたまま夢遊病者のごとくに、しかし大胆にして生々しく部屋の中央へ進んできたのを見てしまったのだから。

わたしはいささかも震えはしなかった――身じろぎもしなかった――というのも、この人影の雰囲気や輪郭、立ち居振る舞いと切っても切れない言いしれぬ妄想がつぎからつぎへと沸き起こり、わが脳髄へ雪崩《なだ》れ込んだために、わたしは麻痺《まひ》し、凍りつき、石と化してしまったのである。たしかに身じろぎもしなかったが、しかしわたしはこの亡霊をまじまじと見つめた。わたしの思考は狂いを生じ、その混乱をとうてい鎮圧することはできない。はてさて、目の前にいるのは生けるロウィーナなのか？どこからどこまであのロウィーナ、金髪碧眼《へきがん》、トレメインのロウィーナ・トレヴァニオン姫か？　たしかにその頰は彼女が人生の盛りのときの薔薇《ばら》そのものだ、したがってそこは生けるトレメイン姫の麗《うるわ》しき頰だろう。ならば顎《あご》はどうだ、健康なときのあのえくぼは、昔どおりか？　とはいえ、はて彼女は病気をしてからいくぶん背が高くなったろうか？　いかなる表現しえない狂気がそんなことを考えさせたものか？　わたしは一跳びして彼女の足をつかまえた！　それにひるんだのか、彼女はその頭をおおっていた経帷子を取り去り、ゆるめる。すると、部屋に流れる空気を貫いて、巨大で野性的な黒髪が一気に躍り出た。真夜中の大鴉《おおがらす》の翼よりも黒い髪！　そしてわたしの目前に立った人物はゆっくりとその両眼を開く。「やはりそうか、少なくとも」わたしは叫んでいた。「わたしは決して忘れるものか。この丸くて黒く狂おしい瞳《ひとみ》を——亡《な》き最愛の人、わが姫、ライジーア姫のあの瞳を」

落とし穴と振り子

かくして憤懣《ふんまん》やるかたなき群衆はいささかも納得することなく、罪もない人々の血が流されたことへの憎しみをますます募らせていった。祖国が救われ死の牢獄《ろうごく》が解体されたいまこそ、暗鬱《あんうつ》なる死の世界に取って代わって、輝かしい生の世界が姿を現したのである。

――パリのジャコバン・クラブ会館の跡地に建てられる
市場の門のために書かれた四行詩

長引く苦悩を抱えて、わたしは病を、それも死に至る病を患《わずら》っていた。そして連中がとうとうわたしの拘束を解き、腰掛けるのを許したとき、とうに正気ではないように感じていた。あの宣告、あの恐ろしい死刑宣告こそは、わたしの耳が最後にはっきりと受け止めた声の抑揚であった。そのあとはもう、異端審問官の声が幻のごとく曖《あい》昧模糊《まいもこ》としたざわめきと混じり合ったかのようであった。その響きは製粉機の歯車がうなる音を思わせるところがあったせいか、わが魂には歯車の回転《レヴオリユーシヨン》、転じては「革命《レヴオリユーシヨン》」の概念が伝わってきた。短いあいだのことであり、いまはそんな響きは聞こえない。とはいえしばらくのあいだ、わたしは見たのだ。誇張すると恐ろしくてたまらない！　そう、わたしは黒衣の判事たちの唇を見たのだ。その唇の白さときたら——たったいまわたしがこの文章を書きつけている白い紙よりも白く——その薄さときたらグロテスクなほどであった。その薄さから強烈に浮かび上がってきたのは、判事たちの断固たる思いと、テコでも動かぬ決意、そして人間の責め苦など心から侮《ぶ》蔑《べつ》する気持ちである。わたしの破滅を導くであろう判決がなおもそれらの唇から発せられるのがわかった。恐ろしい言葉に唇が悶《もだ》えている。その唇がわが名の音節を発音したのちには、身震いしたものだった。なぜなら、名前のあとは無言だったからである。かてて加えて、錯乱的な恐怖の瞬間が訪れ、わたしは部屋の壁を覆《おお》い隠している漆黒の緞帳《どんちょう》がふわりと、ほとんどわからないぐらいに波打つのを見た。続いて、机の上に載った七つの長いロウソクへと視線を移す。最初のうち、これらのロウソクにはなんだか慈悲深い雰囲気があり、あたかも白衣で痩身《そうしん》の天使たちがわたしを助けにやってきてくれたかのようであった。ところが、そう思うと同時に、心の中がひどくむかつくようになり、あたかもガルヴァーニ電池の電線にふれてしまったかのごとく、身体《からだ》中の神経繊維がざわめきたち、とかくするうちに、天使にも似たロウソクの形状自体が頭を燃やしているだけの意味もない妖怪《ようかい》と化し、それらに助けを期待しても無駄であるのがわかってしまった。そしてそのあと、わが妄想のうちに、妙《たえ》なる楽の音のごとく忍び込んできたのが、墓に入ってしまえばいかにすばらしい休息が待っていることか、という思いであった。この思いは、当初こそゆるやかに音もなく心に染《し》みこんできたのだが、ずいぶん経《た》ったのちには、すばらしい考え方ではないかと感じられるようになった。しかし、わたしの心がついにそうした思いをしっかりと受け入れるに従い、判事たちのすがたは魔法のように目前から消えてしまったのである。長いロウソクもみな無に帰した。炎もすべて、かき消えた。続いて、漆黒の闇《やみ》があたりを支配した。いっさいの感情は魂が地獄へ堕《お》ちていくときのごとき猛烈な急降下の動きに呑《の》み込まれてしまったかのようであった。あとには沈黙と静寂と闇夜だけの宇宙が残った。

わたしは気を失った。しかし意識の全部が全部なくなってしまったというわけではない。それではどんな意識が残っていたのかといえばはっきり説明するつもりはないが、しかしともあれ、意識が全部吹っ飛んでしまったわけではない。どんなに深く熟睡したとしても、そんなことは断じてありえない！　錯乱のきわみにあったとしても、卒倒していたとしてもだ！　死の床に横たわったにせよ、そう、墓の中に葬《ほうむ》られたにせよ、それでも意識のすべてが消え去ってしまうことなど、決してありはしない。さもなくば、人間には永遠の生命が保証されないことになるではないか。どれだけぐっすり眠りこんでいたとしても、目覚めるときには、夢を織りなす蜘蛛《くも》の糸を断ち切ってしまう。だがその直後（夢の織り糸があまりに脆《もろ》くはかないせいかもしれないが）、わたしたちは自分が夢を見ていたという事実そのものを忘れている。気絶状態から覚《かく》醒《せい》する場合、ふたつの段階を経るだろう。第一段階は、心理的にして霊的なものを意識する段階、第二段階は物理的実在を意識する段階だ。第二段階に到達するやいなや、第一段階の印象を呼び起こせるとすれば、はるかな深淵《しんえん》を渡る記憶においても、第一印象とはいかに強烈なものであるかを実感することだろう。そもそも深淵とは何か？深淵の影と墓の影とはどのていど見分けられるというのか？　もっとも、たとえ第一段階なるものの印象が思いのままに呼び出せなくとも、しばらく間隔を置けば、それらが呼び出されることもないわけではあるまい——そしていったいどこからそうした印象がもたらされたのかを考えて、わたしたちは呆然《ぼうぜん》とするばかりであろう。これまで一度も気絶したことのない者は、燃えさかる炭火のうちに不思議な宮殿やひどく馴《な》染《じ》み深い人々の顔を見出《みいだ》す者ではあるまい。また、多くの人々には見えないかもしれぬ寂寞《せきばく》たる幻影が中空に浮かぶのを見る者でもあるまい。また、新奇なる花の芳香に思いをめぐらす者でもあるまい。ひいては、これまで気にかけたこともない音楽的抑揚の意味について頭を悩ませる者でもあるまい。

わが魂が落ち込んでしまったとおぼしき虚無の境地とはいったい何なのか、その形跡なりとも思い出せないかとひっきりなしに思いをめぐらせ、けんめいに探り出そうとしているうちに、何度か自分がうまくやりおおせたのではないかと夢想する瞬間が訪れた。きわめて短い瞬間ではあったのだが、のちに明晰《めいせき》なる理性が確認してくれたところによると、どうやら無意識と思われる状態とからむような記憶を呼び覚ましていたらしい。これらの記憶の影からぼんやりと伝わってきたのは、とても背の高い人物たちがわたしを抱き起こし、黙ったまままどんどん下へ下へと連行し、ついにはどこまで下ればいいのかわからなくなってひどい眩暈《めまい》に襲われたいきさつであった。さらには、わたしの心臓が不自然にも静まり返ってしまったために、わが心がそこはかとなく恐怖に脅えたいきさつであった。そして、ありとあらゆるものがいきなり動きを止めてしまったのを感じたのである。それはあたかも、わたしを下の方へ連行してきた人々が（おそろしい連中なのだ！）、下降していくうちに、とうとう無限なるものの限界すらも踏み越えてしまったかのような、自らの仕事にうんざりするあまりに動きを止めてしまったかのような感覚であった。その直後、わたしが覚えているのは、妙に平たくてじめじめした場所に来てしまったな、ということである。あとに残ったのは、ただ狂気の沙汰にほかならない——さまざまな禁断の秘密に揉《も》みしだかれた記憶が立ち至ったのは、狂気の沙汰でしかない。

するとと突然、わが魂に動きと響きが戻ってくる——心臓があわただしく動き始め、その鼓動の響きがはっきりと聞こえてくる。そして、それが停止し、すべてががらんどうになる。だが再び響きと動きと手触りが甦《よみがえ》り、ひりひりするような刺激が全身を貫く。そのあとは、いっさいの思考の余地なく、実在の感覚だけが生じ、その状態がずいぶんと続いた。やがて、これもあまりに唐突に、ものを考える心とともに身の毛もよだつ恐怖が、ひいてはわたしがいったいほんとうのところどういう状態にあるのかを理解したいと思う真摯《しんし》なる気持ちが、頭をもたげてきたのだ。もう何も感じたくはないと、強く願う。だがたちまち、魂が急激に息を吹き返し、活気づく。そしていまや、異端審問がいかなるものであったか、判事たちをはじめ漆黒の緞帳や刑の宣告、心の病、そして気絶状態までがどんなふうに運んだのかを、すっかり思い出したのである。ただし、そのあと起こった出来事については、まるっきり忘れてしまった。それについては、のちに頭を振り絞ったあげくに、ぼんやりと思い出したにすぎない。

これまでのところ、わたしは目を開けていなかった。いっさいの戒めを解かれて、仰向《あおむ》けになっている気がしていた。手を伸ばしてみたが、じめじめしてごわごわしたものに突き当たるばかり。しばらくそうしていたが、やがてわたしは何とか、自分がいったいどこにいて、どうなってしまったのかを思い描こうと努めた。目を開けようとも思ったが、断念した。怖かったのは、目を開けて最初に入ってくるものが何か、ということである。恐ろしいものを見てしまうことが怖かったのではなく、見たくとも何もないのではないかと思うと戦慄《せんりつ》が走ったのだ。だがとうとう、やむにやまれぬ心もちで、わたしは素早く目を見開いた。最悪の予想は当たっていた。あたりには永遠に続く夜の闇が広がるばかりだったのだから。息をしたいと躍起になる。闇の魔手がわたしを圧迫し窒息させようとしていたのだ。空気はひどく重苦しかった。じっと横たわったまま、けんめいに理性を働かせてみる。異端審問のいきさつが浮かび上がり、その時点からどうしてこんな状態に陥ったのかを推測しようと試みる。判決が下されたのちには、ずいぶんと長い時間が過ぎ去ったかのように思われた。しかし、自分がほんとうに死んでしまったのだと思いこんだことは、一度もない。こんな思いこみは、小説などで読む話とは異なり、現実体験からはずいぶん外れているだろう――とはいえ、わたしはいったいどこにいて、どんな状況に陥っているというのか？　死刑囚はたいていの場合、火あぶりにされるし、わたしの裁判のあったまさにその日の晩、そんなふうにこの世を去った異端者がいた。わたしが地下牢へ送られたのは次なる犠牲者になるからで、それはもう何ヶ月も先のことなのだろうか？　そんなはずはない、と思う。これまで異端者の死刑囚はすぐにも処刑されていた。さらにいえば、わが地下牢は、トレドにあるすべての独房と同じく、床が石でできており、光もまるきり射《さ》さないわけではなかった。

恐るべき考えが浮かんで、わが心臓に怒濤《どとう》のごとく血がのぼり、しばしのあいだ、わたしはまたしても無気力な状態へ落ち込んだ。ようやくそれが収まると、全身をぶるぶるふるわせながら立ち上がる。いささか荒々しく、両腕を頭上や周囲のありとあらゆる方向へ突きだしてみた。何の手ごたえもない。とはいえ、一歩先へ踏み出すのは怖かった。霊廟の壁が立ちはだかっていたらどうしようかと、気を揉んでいたためだ。全身の孔《あな》という孔から汗が噴き出し、額にも大粒の冷や汗が浮かぶ。狂おしい宙《ちゅう》吊《づ》り状態はついに耐え難いほどになり、わたしは用心しながら前進した――両腕を広げ、両眼をかっと見開き、かすかでもいいから光線がどこかから射してこないかと期待しながら。何歩も進んでみたが、それでもなお、あたりは漆黒の闇であり、内部はがらんどうに思われた。気ままに息をしてみる。少なくともこれならわたしの運命は、最悪の悲劇というわけでもなさそうだ。

そしていま、注意深く歩み続けるうちに、わたしはトレドの異端審問がいかに恐ろしいかを伝える流言飛語がきりもなく飛び交っていたのを、一気に思い出したのである。この手の地下牢をめぐっては、いくつか奇妙な噂《うわさ》がついてまわっていた――作り話だろうといつも思ってはいたのだが――しかしずいぶん奇妙であり、あまりにもおぞましいため、くりかえして語るにも声をひそめるしかないたぐいの噂であった。はたしてわたしは、この暗黒の地下世界で餓死させられてしまうのだろうか？　それとも、これ以上に恐ろしい運命が待ち受けているというのだろうか？　けっきょくこれは死刑であり、それもふつうでは考えられないほど残酷な死刑になるのだろうということについては、判事たちの性格を考えても疑う余地はない。いったい自分がどのように処刑されるのか、それはいつになるのかということで、このときのわたしの心は一杯であり、気も狂わんばかりだったのである。

さて、あいかわらず手を伸ばしてあたりを探っていたら、ついに何かしら堅い障害物に突き当たった。それは石工の手になる壁で、表面はとてもなめらかだったが、どこかぬるぬるしており、ひんやりとした手触りだった。調査を続けていく。歩きながら片時も忘れなかったのはどんなことにも疑ってかかるという気持ちであり、それをわたしは古くからの言い伝えによって吹き込まれていた。とはいうものの、こういうふうに調べてはみても、地下牢の広さ大きさについてはいっこうにわからない。ぐるりと回って、知らず知らずのうちに元いた地点に戻ってきたとしても、壁の感じはどこも変わらず一様に感じられた。異端審問室へ連行されていたときにポケットに隠していたナイフはないかと手探りしたが、見つかるはずもない。着ていた服はとっくに粗末な綾織りの囚人服に取り替えられていた。あのナイフさえあれば、石造の壁のどこか細い切れ目に刺してしるしをつけ、そこを出発点とすることができるのに、と考えたのである。だが、当初こそ気が動転していたために、これは困ったことになったものだと思いはしたものの、じっさいのところは、大した問題ではない。囚人服の裾《すそ》をちぎり、その切れ端を伸ばし、壁に直角になるように置く。独房の中を歩き回り、一周したときには必ず、このぼろ切れに行き当たる、という仕掛けだ。それくらいのことは思いつく。だが、地下牢《ろう》がいったいどれだけの広がりがあるのか、もしくはわたし自身に弱点があるのではないか、ということは計算外である。床面はじめじめしていて滑りやすい。あるときなど前につんのめり、つまずき転んでしまった。あまりにも疲れていたためくたくたになっており、横になってすぐ眠りに落ちた。

目が覚めて、再び手を伸ばしてみると、すぐそばにパンが一切れと水差しがあるのに気づく。消耗しきっていたため、これがどういう状況なのかをよくよく考えることもできなかったが、ともあれ貪《むさぼ》るようにパンを食べ水を飲んだ。そのあとすぐ、再び牢獄の探検を再開し、進んでいくと、ついに囚人服の切れ端にぶつかった。転んだ時点までで五十二歩、そして探検を再開してからはさらに四十八歩を数えた瞬間、このぼろ切れに出くわしたわけである。だとすれば、合計百歩だ。一歩で一ヤード（約九十センチ）相当とするなら、地下牢の周囲は五十ヤード（約四十五メートル）ということになる。もっとも、周囲の壁はいろんな角度で折れ曲がっていたので、地下牢の丸天井全体がいったいどんなかたちをしているのかは定かではないが、ともあれ丸天井であることだけはたしかだと思う。

この調査にはとりたてて目的や希望があるわけではなく、漠然とした好奇心ゆえに続けているにすぎない。壁から離れて、わたしはこの地下牢全体を横切ってみようと決めた。最初のうち、わたしは注意のうえにも注意を重ねて歩いたものである。というのもここの床は、材質こそ硬質な感じがするのに、ぬるぬるして転びやすくなっていたからだ。しかしとうとうわたしは勇気を振り絞り、あえて床を踏みしめた——できるかぎりまっすぐに部屋を横切ろうとしたのだ。そんなふうに十歩や二十歩は歩みを進めたころであろうか、両足が囚人服の切れ端に引っかかる。ついその切れ端を踏みつけたわたしは、顔から床めがけて正面衝突するという、ひどい転びかたをしてしまった。

そのあとはわけがわからなくなったので、これがいささか驚くべき環境なのだということを、すぐには理解できなかった。だがほんのしばらくして、まだ床にのびているうちにも、そのことに気づく。つまり、こういうことだ。床に突っ伏した姿勢で、顎《あご》のほうは独房の床を感じていたのに、唇はおろか、頭の上方部分はといえば、顎よりほんのわずかに低い位置にあるにもかかわらず、何ものにも支えられていなかったのである。と同時に、わたしの額はねっとりした水蒸気に浸されたようで、腐ったカビ類の独特な匂《にお》いが鼻をつく。腕を前に突き出してみて、驚愕《きょうがく》の事実が判明した。わたしが倒れ込んだのは、丸い落とし穴の縁ぎりぎりの地点であり、それがいかなる深さ広さをもつものかなど、とうていわかりはしない。石造の壁際《かべぎわ》を探って、小さな石のかけらをつかみ出すと、それを落とし穴の中へと落としてみた。しばらくのあいだは、小石が穴の両側を背に急降下していくときの反響のみしか聞こえなかった。ようやく水に落ちる不気味な音が響き、あたりにわんわんと谺《こだま》する。折も折、頭上で扉がすばやく開閉されるかのような音がし、そのあいだにかすかな光が闇の中を突如として一閃《いっせん》したかと思うと消えてしまった。

このとき、わたしははっきりと、自分にはどのような破滅が用意されているのかを理解したのであり、じつに折よく転倒したためその運命を免れたことは慶賀に堪えない。転ぶ前にあと一歩踏み出していたら、わたしはこの世から消えていただろう。そしてまんまと免れた死に方はといえば、異端審問にまつわる噂話のうちでも作りごとめいていて馬鹿馬鹿《ばかばか》しいとすら感じるたぐいのものであった。暴虐《ぼうぎゃく》の限りを尽くす異端審問の犠牲者たちにとって、選ぶべき死に方は、悲惨なほど肉体が痛めつけられるか、おぞましいほど精神的に脅《おびや》かされるか、そのどちらかであり、わたしの場合は後者があてはまる。あまりに長いこと苦しんだせいで、わが神経はゆるみきっており、自分の声が聞こえても怯《おび》えるようになってしまった。このときまでにわたしはもう、ありとあらゆる点において、これから待ち受ける苦しみにはうってつけの素材と化してしまっていたのである。

手足をふるわせて、わたしは何とか手探りで壁のところまで戻る——そこで死ぬほうが恐ろしい井戸で命を落とすよりもましだ、と決意していた。この井戸については、わたしは想像力を駆使して、地下牢のさまざまな位置におけるイメージを思い描いていたのである。もっとちがった精神状態であれば、勇気凛々《りんりん》、こんな悲劇をすぐにも終わらせようと、わたしは井戸の深淵に飛び込んでいたかもしれない。とはいえいまのわたしは、とんでもない臆病者《おくびょうもの》だ。しかも、これらの落とし穴について読んだことも忘れることができない——生命が突如奪われてしまうことなど、ここで展開されるきわめつきの惨劇に比べたら序の口にもならない、という事実である。

胸騒ぎが収まらぬまま、何時間ものあいだ起きていた。しかしやがて再び睡魔が襲う。目覚めたときには、前と同じく、かたわらにパンが一切れと水差しが置かれていた。喉《のど》がからからだったので一気に飲み干す。睡眠薬でも入っていたのはまちがいない。というのも、水を飲み干すやいなや、どうにも眠くてしかたがなくなったのだから。こんこんと眠ったものだ――それこそ死の眠りのように。どれだけ眠り込んでいたのかわからない。だが目を再び開けたときには、まわりに何があるのかが見えた。どこから発しているのかわからずとも、硫黄めいた光がらんらんと輝いていたおかげで、わたしはこの独房がいったいどれだけ広く、どんなすがたをしているのかを、ようやく確認することができた。

独房の大きさについては、だいぶ誤解していたらしい。壁のぐるりは合計しても二十五ヤード（約二十二メートル）を超えない。この事実に直面して、わたしはしばしのあいだ、何やら得体の知れぬ問題が沸き上がってくるのを感じていた。ほんとうに何が問題なのかはよく説明できないのである――そもそも、かくも恐ろしい環境に置かれたとあっては、地下牢の大きさがどうのこうの言っても始まるまい？　だが、わが魂は些末《さまつ》なることにこそ夢中になる傾向があるため、わたしは自分の計算ちがいがなぜ生じたのかを解き明かそうと躍起になった。そしてついに、真相を突き止めたのだ。最初に地下牢を探査したとき、転倒するまでのあいだに五十二歩を数えていた。そのときには、綾織りの切れ端から一、二歩のところにいたにちがいない。じっさいのところ、その時点まででわたしはもうこの丸天井の円周をほぼ踏破していたのだった。そのあと一眠りしてから目覚めるやいなや、わたしは自分が歩いたあとをもういちどたわけである。あまりに心が動転していたので、自分が壁の左手から歩き始め右手でなぞってしまい、そのせいで壁の円周を実際のほぼ二倍に見立てるという誤謬《ごびゅう》を犯し一周し終えていたことにも気づかなかったのだ。

さらに、この部屋全体のかたちがどうなっているかという点でも、見誤っていた。壁伝いに歩いていくときずいぶんたくさんの曲がり角があるので、その全体像はかなり不規則なものではないかと考えたのだが、どうやらそれも、ぐったりと熟睡していた人間の、目を覚ましたらいたるところ闇に包まれていたための錯覚であった！　曲がり角と思ったのは、折々の間隔でかすかな窪《くぼ》みというか壁龕《へきがん》がいくつか生じているにすぎない。独房全体のかたちは四角い。石造の壁と思いこんだのは、いまでは鋼鉄ないしその他の金属でできた巨大な板のようであり、その継ぎ目のところが窪みになっていたのだ。これは金属製の牢屋だったのであり、その表面のいたるところに荒々しく塗りたくられているのは、修道士たちが納骨堂をめぐって囁《ささや》く迷信から紡《つむ》ぎ出された、世にもおぞましき図像の大群。いまにも襲いかかってくるかのような悪魔たちや骸骨《がいこつ》たち、さらに寒気を催すようなすがたの者たちが壁中にところせましとひしめき、壁そのものが怪物と化している。それら異形の怪物たちの輪郭はじゅうぶんはっきりと描かれていたが、しかしその色彩のほうは地下牢の湿気のせいか、すっかりかすれて見える。このとき、石造の床がどうなっているかにも気づく。床の中央には円形の落とし穴がぱっくり口を開けているが、わたしはまさしくそのあぎとから逃げおおせたのだった。とはいえ、ほかの落とし穴は存在しない。

以上の全貌《ぜんぼう》をつかんでもまだおぼろげだが、これでもずいぶん力を振り絞った結果なのである。理由のひとつには、眠っているあいだにわたしの周囲の環境が様変わりしていたことを挙げなければならない。わたしは仰向けに横たわっていたのだが、こんどは全身が低い木製の台に載せられていたのだった。この台にわたしは馬の腹帯めいた長い紐《ひも》でしっかりと縛りつけられていた。手足をはじめ全身がその紐でぐるぐる巻きにされていて、自由になるのは頭の部分と左腕だけだった。その左腕が動かせる範囲も、食事のさいに、かたわらの床に置かれる陶器の皿をけんめいに努力してようやく引き寄せることができる程度に制限されていた。驚愕したのは、水差しがなくなっていたことである。これに驚愕するしかないのは、喉がからからに渇いてたまらないからだ。喉の渇きというのは、処刑者たちの計算に入っているのかもしれない。皿に盛られる料理も辛味の効いた肉だったのだから。

上に目をやり、牢獄の天井を観察してみた。三十ないし四十フィート（約九ないし十二メートル）の高さで、壁面同様に建築されている。その天井画のうちにはとても奇妙な人物を描いたものがあり、わたしの視線はそれに釘付《くぎづ》けになった。何の変哲もない時の擬人化像、「時の翁」をあしらった肖像画なのだが、ひとつだけ変わっているのは、ふつうだったらその手は大鎌を携えているものなのだが、その代わりに古時計につきものの巨大な振り子とおぼしきものを吊るしていることだった。だが、その振り子にはどこか妙な雰囲気があったので、もっとじっくりと観察してみた。真上に見上げているあいだは（その位置はほんとうにわたしの頭上だったからだ）、おや、振り子が動いているように見えるのは錯覚だろうか、と思ったものだ。だがその直後、それは錯覚ではなく現実であるのがわかった。その振幅は短く、もちろん動きもゆっくりとしたものである。しばらくのあいだ、わたしはその振り子に対しいくぶんの恐怖と、それに勝る驚異を感じていた。だが、とうとうその退屈な運動を眺めるのにも飽きてしまい、天井の絵のうちでも振り子以外の部分に視線を移した。

と、かすかな物音に気づいて床を見下ろすと、巨大なネズミどもが何匹か通り抜けていくではないか。わたしの右手に見えるあの井戸を登ってきたのだ。そのときですら、こっちがじろじろと眺めるのを尻目《しりめ》に、ネズミどもは大群をなして突進して行く。肉の香りを嗅《か》ぎ付けて目をらんらんと輝かせている。連中を追っ払うのに、どれだけ労力と神経とを要したことか！

三十分ほど、それともたぶん一時間ほども過ぎたころであったか（時間のことは不完全にしかわからなかったので）、再び天井を見上げてみた。そこにあるものを見てしまい、わたしは狼狽《ろうばい》し驚愕する。振り子の振幅がほぼ一ヤード（約九十センチ）ほども広がっていたのだ。自然な結果として、振り子が揺れる速度のほうも、どんどん増していた。しかしわたしがいちばんうろたえたのは、この振り子が明らかに下降している、ということであった。とてつもない恐怖とともに、振り子の最下部が三日月形の鋼《はがね》でぎらついており、端から端までの長さが一フィート（約三十センチ）ほどもあるのを観察した。両端は上向きになっていたが、その下方部の刃はカミソリのように鋭い。カミソリ同様、大きくて重く、次第に先細りになるも上方の造りは頑丈で幅が広い。この振り子を吊《つ》るしているのは重たい真鍮《しんちゅう》の竿《さお》で、それが左右に揺れるたびに全体がシューシューと音をたてた。

もはや修道士たちがいかに趣向を凝らした刑罰を考え、わが死刑に適用したのか、疑う余地はない。ここが落とし穴であるのをわたしがついに気づいたことは、異端審問官たちにもわかったのだろう——落とし穴の恐怖はわたしぐらい大胆な反権力分子にこそおあつらえむきであり、落とし穴は地獄にも似た場所として、これを刑罰の極致と囁く者もあった。この落とし穴に落ちる悲劇を免れたのは不幸中の幸いであったが、まさにこのように死刑囚を驚愕させ地獄の責め苦にあえがせることこそは、かくもグロテスクきわまる地下牢での死刑の中核部分を成すらしい。落とし穴に落ちなかったのが幸いとはいえ、奈落に突き落としてしまうことなど悪魔の計画のうちにも入らない。かくして（何の代案もないわけだから）、まったくタイプのちがう、ずっとゆるやかな責め苦が待ち受けることとなった。それにしても、これでずっとゆるやかとは！ 何とも奇妙な言葉の使い方になってしまったことに、業苦《ごうく》のうちにも忍び笑いをしたものである。

長い長い時間をかけて尋常ならざる恐怖を味わい、そのあいだというもの鋼の振り子の往復運動が加速していくのを数えるばかりであったあの経験を語って、何になるというのか！ 一インチ（約二・五センチ）ごと――一振幅ごとに――振り子は下降してきたのだが、そのことは長い長い間隔をおいてみて、やっとわかるにすぎない――だが、ますます低く降りてくるのだ！ 何日も何日も経《た》ち――おそらくは多くの日々が過ぎ去ったあとになって――振り子はわたしの身体《からだ》の上すれすれのところに来て、その痛烈なる息吹《いぶき》を吐きかけるほどであった。鋭利なる鋼鉄の匂いが鼻孔に迫ってくる。わたしは祈った――天をも畏《おそ》れぬ気持ちで、わたしはこの振り子がもっと早く落ちてくるよう祈ったのだ。一心不乱に、あの恐るべき偃月刀《えんげつとう》の振幅に向かい、自らを差し出そうとしたのだ。だがつぎの瞬間、わたしは突如として平静に戻り、あたかも幼児が珍しいおもちゃを与えられて喜ぶように、迫り来る死神の輝きに対し微笑《ほほえ》みかけていたものである。

そして再び、ことごとく気を失ってしまった。それが短い間隔のように感じたのは、再び意識を取り戻してすぐ、振り子がそれとわかるほどには下降していなかったからである。しかし、じっさいには長い時間が経ったのかもしれない――なぜなら悪魔たちはわたしが気絶しているのに注目し、振り子の振動を意のままに操ることができただろうから。覚醒《かくせい》したあともなお、わたしははなはだしく――まったくもって筆舌に尽くしがたいほどに！――調子が悪く全身が弱っており、まるで長期の虚脱状態をくぐりぬけてきたかのようであった。そんな苦しい時期にあってさえ、人間というのは食べ物を求めるものだ。死力を尽くし、束縛されながらも左腕を伸ばせるだけ伸ばすと、ネズミが残しておいてくれたちっぽけな取り分をつかむ。そして食べ物の一部分を口に入れたとき、心に沸き起こってきたのは、半ば形成途上ではあるものの、歓喜をめぐる――すなわち希望をめぐる――思いであった。とはいえ、希望があるからといって、どうなるというのか？　いま述べたとおり、これは形成途上の思いにすぎない――人間というのは、こういう未完成の思いをたくさん抱えているものだ。わたしはいま歓喜をめぐって——ということは希望をめぐって——思いがまとまっていくように感じていた。ところが同時に、そんな思いが形成途上にして挫折してしまうのもまた、感じたのである。何とか思いをまとめあげよう、組み立て直そうとしたが、無駄なあがきであった。えんえんと苦しめられてきたせいで、通常の知的能力がほぼ破壊されてしまったのである。いまのわたしはまったくのろくでなしであり、白痴同然であった。

振り子はわたしの身体に対して直角に切り込むべく揺れている。あの偃月刀は心臓部分を切り裂くようセットされたものだ。それはやがてわが囚人服の綾織りをこするだろう。そしてその振幅運動を何度も何度もくりかえすだろう。すさまじく広い振幅と下降に伴い高まってくる響きは、それだけで鋼鉄の壁そのものを切り裂いてしまいそうに思われたが、にもかかわらず、わたしのほうは、囚人服があと数分ですりきれるのがせいぜいだろう。この時点で、わたしはそれ以上考えるのをやめた。ここまではあれこれ思いをめぐらしてきたが、そこから先へは、あえて行かないようにした。わたしは当の振り子のことだけを粘り強く考え続けたのである——そう考え続けることにより、まさしくここで、、、、鋼鉄の刃が下降するのを食い止められるかのように。わたしは偃月刀が囚人服を切り裂くときにいったいどんな音がするだろうかとけんめいに考えた――それが服をこすり始めたら、きっとこれまでにないほどの戦慄を覚えて神経がやられるだろう、と想像たくましくしたのだ。かくもいいかげんな想像をめぐらせたことで、歯の根が浮く思いがしたほどである。

振り子はますます下降してくる――ひそやかに、だがしっかりと。わたしはその下降速度と振幅速度を比較対照するのが奇妙に楽しくてたまらなかった。右へ――そして左へ――大きく幅広く――呪《のろ》われた精神が金切り声をあげる！　わが心にはそれは虎の忍び足だ！　わたしは笑ったり泣きわめいたりを交互にくりかえす。というのも、正反対の思いが交互に心を占めていったからだ。

振り子はますます下降してくる――着実に、無慈悲なまでに！　わたしの胸の上三インチ（約七・六センチ）のところにまで迫った！　わたしは荒々しく――怒りをこめて――左腕さえ使えれば、とあがく。左腕はひじより下しか自由が利かなかったのだ。わたしはこの下腕をだいぶ苦心して動かし、かたわらに置かれた皿と口とのあいだの往復のためには使えたが、それ以上は無理だった。ひじのところを締めつける革紐をブチ切ることができれば、振り子をつかまえ、その動きを止めることもできたろうに。そうしたら、きっと雪崩《なだれ》だって食い止めることができたろう。

振り子はますます下降してくる――いまも途切れることなく――いまも当然のごと

くに！　わたしはあえぎつつ、何とか振幅させまいと苦戦したが、発作的に振り子運動そのものに怯《ひる》んでしまう。わたしの両眼が振り子の遠く上方へ旋回していくのを見守るときには、徹底した絶望ならではの熱意を抱いていたが、それにひきかえ振り子が下降してくるときには両眼ともども発作的に閉じてしまったものである。ほんとうのところ、死を迎えてこそ安らげるというのに、おお言語に絶する恐怖よ！　なおもわたしは全身の神経をふるわせながら、あとほんのわずかでもこの振り子が下降してきたら、その鋭くぎらつく刃が胸を切り刻むだろうと感じていた。希望があるからこそ、神経がふるえるのであり——全身が怖《お》じ気《け》づくのだ。そう、希望こそが——希望こそが拷問《ごうもん》台においても勝利を収め、異端審問の地下牢においてすら、死刑囚へ囁きかけるのだ。

　あと十回か十二回ほど振り子が振幅したら、その刃でわが囚人服はすりきれていくだろうと推測がついた。そしてこう考えたことで、わが魂は絶望の上にも鋭利で冷静沈着な雰囲気を帯びていた。何時間もが経って、あるいは何日もが経って初めて、わたしはものを考えるようになったのだ。このとき、全身を縛っている拘束具というか馬の腹帯めいた紐はなかなかにユニークではないかという発想が湧いた。わたしの全身を縛っているのは、じつはたった一本の紐なのである。カミソリ状の偃月刀の最初の一撃が紐の部分たりともかすめてくれたら、それは紐を切断し、まさにこの左手でわが身を拘束から解き放つことができるだろう。だがこんどはまた、この鋼鉄の刃がますます接近してきて、何と恐ろしいことか！　これに抵抗するとしたら、いかに微力であったとしても、結果は惨敗を喫するにちがいない。さらにいうなら、拷問者の手下どもが、こういう結果になりうるのを予期し促進しないはずもあるまい！　胸の紐帯自体が、振り子の振幅経路にぴったり沿って締められていることなどありうるだろうか？　ささやかにして最後に思われる希望が打ち砕かれるのを見るのを怖《おそ》れながらも、わたしは頭をもちあげ、何とか自分の胸だけはしっかり確認することができた。腹帯は手足と全身をありとあらゆる方向からびっしりと覆《おお》い尽くしていた——ただひとつ、残虐なる三日月形の偃月刀が通る道筋を除いて。

頭を元の位置に戻すやいなや、心に閃《ひらめ》いたことがある。それを表現するのにいちばんいいのは、かつて言及した救済をめぐる思いの未完成部分としてご披露することだ。当初、その思いの最初の半分は、わたしが食べ物をむさぼっているときに、脳のなかをぼんやり浮遊していくにすぎなかった。だがいまや、そのときの思いが完全なかたちを取って現れた——弱々しく、正気とも明確ともいいにくいのだが、にもかかわらず思いの全体像が完成したのである。自暴自棄に陥ったからこそ得られる神経エネルギーに貫かれ、わたしはたちまちその思いを完成すべく前進したのである。

何時間ものあいだ、わたしが横たわっている低い台には文字どおりネズミたちがうようよしていた。連中は大胆不敵で貪婪《どんらん》で、目を真っ赤に腫《は》らしてはわたしをにらみつけ、それはあたかもこちらが動きを止めるやいなや餌食《えじき》にしようと狙《ねら》っているかのようであった。「井戸のなかでは」とわたしは思う、「こいつらいったい何が常食だったんだ?」

ネズミたちは、いくらこちらがさえぎろうとしても、皿に盛られた料理をむさぼり食い、ほんのわずかしか残さない。わたしは皿のまわりでいつものように手を振る仕草を始めたが、とうとうその手の動きが何も考えず機械的にくりかえしているものだとわかると、効果が失せた。エサに飢えた害獣どもは往々にして、わたしの指に牙《きば》を鋭くつきたてるようになったのである。食べ残しのうち油っぽく香辛料の効いた部分を利用して、わたしは手が届く限りの紐帯をごしごしとこすった。そして床から手を持ち上げると、じっと息をひそめた。

最初のうち、貪欲なる獣たちはこちらに変化が生じたことに——手の動きが止まったことに——驚き怯えていた。警戒するあまり後ずさりし、井戸に向かったネズミも少なくない。だがそれもしばしのあいだのことだ。わたしは連中がいかに飢え切っていたかをよく知っていた。こちらが静止状態だと見るや、群れのうちでも傲岸不遜《ごうがんふそん》なる一、二匹が台に飛び乗り、腹帯の匂いを嗅ぐ。それが合図となって、連中がどっと押し寄せた。この木製の台にかじりつくとあふれかえり、大群をなしてわたしの身体に飛び乗ってくる。振り子がいくら精確なる運動をくりかえしても、ネズミたちはいっこうに困ったようすもない。振り子の動きを避けながら、油まみれの腹帯めがけてせわしなく動く。押すな押すなと詰めかけて、わたしの上に群がり、その数はますます増えるばかり。喉《のど》のところまで来てのたくるばかりか、その冷徹なる唇でキスしようとするほどだ。あまりに大勢で押し掛けてきたため、ほとんど窒息しそうであった。何ともいえない嫌悪《けんお》感《かん》が胸にあふれ、心はひどくじっとりと凍りついた。しかしそのあと一分ほどで、すべての戦いが終わったことを知る。腹帯がゆるんだのは明らかだった。とうに一カ所以上が切断されているのにちがいない。もはや人間の限界を超えるほどの意志を固め、わたしはじっとそのまま横たわった。

わたしの読みはまんまと当たり、みごとに持ちこたえた。わたしはとうとう自由になったのを感じたのだ。腹帯はばらばらのリボン状となり身体から垂れ下がった。とはいえ振り子の振幅はもう胸のところまで迫ってきている。囚人服の綾織りはもはや切り刻まれ、下の肌着までが裂けてしまった。それから二度ほど振幅し、全身の神経が強烈に痛む。だが逃走の瞬間は訪れた。手を一振りすると、わが救いの神たちは嵐のごとく逃げ去った。そこからはしっかりとした動きで、重々注意のうえ、身体を斜めにして後ずさりし、決して急ぐことなく、わたしは腹帯の桎梏《しっこく》から逃れ、もはや偃月刀の及ばぬところへ避難した。さしあたってはこれで、少なくともわたしは自由になった。

　自由だ！——そして異端審問を抑えたぞ！　わたしが恐ろしい木のベッドから独房の石造の床へ降り立つが早いか、地獄の機械は動きを止め、目に見えない力がそれを一気に天井へ巻き戻していくのが見えた。これこそ、わたしが強く心しておかねばならない教訓だった。つまり、わたしの一挙手一投足はすべて、まごうことなく監視されていたのだ。自由だ！　しかしわたしはひとつの責め苦がもたらす死を免れたにすぎず、その次にはじつは、さらなる責め苦がもたらす死よりも悪い運命が用意されていた。そう考えてわたしは自分を囲んでいる鉄製の障壁をじっくりと眺めた。どこかがちがう——当初こそはっきりとはわからなかったが、この部屋の内部では明らかにひとつの変化が生じていた。何分ものあいだ夢想と恐怖がないまぜになった放心状態が続き、わたしは空しくも的外れな推測ばかりに熱中した。このときである、わたしが初めて、独房を照らし出す硫黄光がどこから来ているのかに気づいたのは。その光が差し込んでいるのは、幅にして半インチ（約一・三センチ）ほどの裂け目で、それが壁の基盤のところで独房のぐるりに及んでいたため、床とはまったく切り離されているように見えたし、じっさいそうであった。わたしはけんめいにその裂け目から外をのぞこうとしたが、もちろん無理であった。

裂け目をあきらめて立ち上がったとき、いったいどうして部屋に異変が生じたのか、その謎《なぞ》が一気に解けた。壁面を彩《いろど》る怪物たちの輪郭はじゅうぶんはっきりしたものだったが、色彩となるとかすれてぼやけ気味であることについては、すでに述べたとおりである。これらの色彩がいまや、一時的かもしれないが、驚くほど強烈な輝きを帯びて、妖怪《ようかい》やら悪魔やらの図像の群れに独特な効果を与え、それにはわたしより神経の太い人間ですらたじろくのではなかろうか。悪魔たちの眼は凄絶《せいぜつ》なる迫力に満ち、それまで誰もいないように見えた周囲のいたるところから、わたしをにらみつけ、その瞳《ひとみ》に煌々《こうこう》と燃える炎はといえば、いかに非現実的に思われようとも、それはまさしく、いまそこにある現実なのだ。

現実とは思えない！　――わたしが一息ついているあいだにも、熱した鉄の蒸気の吐息が鼻孔をつく！　息苦しい匂いが独房全体に充満する！　わが苦しみを注視する悪魔たちの眼は、刻一刻とその輝きを深めている！　豊潤なる深紅色が壁いっぱいにひろがる血みどろの残虐劇を覆いつくす。わたしはあえぐ、息ができない！　わが処刑者たちのもくろみはもはや明らかであった——おお人間とはこれほどに容赦なく、これほどに悪魔的になれるものなのか！　わたしは火照《ほて》り始めた鋼鉄の壁から後ずさりし、独房の中央へと移った。まさにこれから独房全体が燃えさかり焼け落ちてしまうだろうと考えるうちに、そういえば井戸ならば冷たいのではという思いが浮かび、わが魂が癒《いや》されるかのようであった。井戸の縁へと突進する。じっと底を見る。めらめらと燃え上がる屋根の炎が内部のくぼみのすみずみまで明るみに出す。だが、狂気のさなかにあって、わが精神は目前の出来事の意味をつかもうとしない。とうとうわが精神は強引なまでにわが魂に迫ると、自ら燃えさかって、恐怖におののく理性までをも焼き尽くそうとするのだった。——何ということか！　と声をあげる！　——おお！　地獄だ！　——おお！　これ以上の地獄があるものか！　わたしは金切り声をあげて井戸の縁から飛び去り、両手に顔をうずめて——さめざめと泣いたのだった。

熱は急激に上昇し、再びわたしは上を見上げて、悪寒の発作に襲われたかのごとくに身震いした。この独房には第二の変化が起こっていた——こんどはまぎれもなく、独房のかたちそのものが変化している。前と同じく、当初はどんなに目前の出来事を理解しようとしても、無駄な努力にすぎない。しかしこんどは、ほどなくしてすべてがわかった。わたしが二度にわたって逃走劇をくりひろげたために、異端審問官たちの復讐《ふくしゅう》に火がつき、もはや恐怖の王とゲームし続けるわけにもいかなくなったというわけだ。この部屋はかつてはまちがいなく四角形だった。それがいまや二つの角が鋭角で当然残りの二つが鈍角と化してしまっているのである。この恐るべき変化がますます増大したのは、騒いだりうめいたりする音が低く聞こえてきたからだ。すぐにもこの部屋は菱形《ひしがた》に変わってしまった。しかし変化はそれだけでは済まない――またそこで終わってほしいとも思わない。わたしは燃えさかる壁を永久平和の衣装として胸に抱きしめんばかりであった。「死刑というなら」わたしはひとりごちた、「落とし穴の死刑だけはごめんだ！」まったくわたしはおろかであった。そもそも、落とし穴へ突き落とすのに燃えさかる鉄こそがその最大の仕掛けになっているとは、わからないはずはなかったろうに？　あの灼熱《しゃくねつ》に逆らえるのか？　そうだとしても、あの圧力にもちこたえられるというのか？　そしていまや、菱形の部屋はますます平らになり、それがあまりの速度で進行したために、何が起こっているのかよく考える余裕もない。その中心が、そしていうまでもなく、そのいちばん横幅のある部分が、ぽっかり口を開けた深淵の真上にまで来た。わたしはたじろいだが、ますます閉じていく壁は我が身を容赦なく前へ前へと押し出していく。やがて炙《あぶ》られ悶《もだ》え苦しむしかないわが身体の前には、牢獄の堅い床の足場としては一インチ(約二・五センチ)も残されていないという境地に陥った。わたしはもう尽力するのをあきらめ、わが苦悶《くもん》せる魂は、割れんばかりでいつまでも続く断末魔の叫びのうちに噴出した。とうとう井戸の縁でつまずいたと感じたそのとき——目を転じると——。

大勢の人間がわいわいがやがや騒いでいるのが聞こえるではないか! トランペットがいっせいに吹き鳴らされたかのごとき、大騒ぎだ! 無数の雷が轟《とどろ》いたかのごとき、何とも耳障《みみざわ》りな轟音《ごうおん》だ! 燃えさかる壁はすばやく後退した! 気を失い、いまにも奈落へ落ち込みそうになっていたわたしの腕を、もう一本差し出された腕がしっかりと捉《とら》えた。ラサール将軍の腕だった。フランス軍がトレドに攻め入ったのだ。異端審問はとうとう敵の手に落ちたのである。

ウィリアム・ウィルソン

いったいあれをどう言い表したらいいのだろう、おぞましき良心を、
行く手に立ちはだかるあの妖怪《ようかい》を？

——ウィリアム・シャンバレイン「ファロニダ」（一六五九年）

わたしの名前は、さしあたりウィリアム・ウィルソンとしておこう。目の前の白い原稿用紙に、わが本名という汚点を書き付けなくてすむ。その名はもうさんざん、わが一族の面汚《つらよご》しとして疎《うと》ましがられ、忌《い》み嫌われてきた。地球上いかに最果ての地といえども、怒りの風の赴くまま、この空前絶後の汚名は聞こえている。これほどに惨《さん》憺《たん》たるかたちで社会から見捨てられた者もいまい。この名を持つ者は俗世とは無縁であり、地上におけるどんな栄誉とも栄華とも栄光への大志とも、永遠に切り離されている。そして稠密《ちゅうみつ》で陰鬱《いんうつ》で渺茫《びょうぼう》たる雲が、希望を持つ者の前に垂れ込め、いつまでも天をふさぎ続けている。

仮に可能だとしても、わたしはいまから、わが晩年に経験した口にできぬ悲惨と許されざる罪とがどんなふうに展開をしたかをじっくり記録するつもりはない。晩年のこの時期、わが人生は急転直下の一途を辿《たど》ったのであり、その原因をつまびらかにすることだけが、この文章のもくろみである。人間というのは歳《とし》を取るに従って、程度の差こそあれ俗物化していく。だがわたしの場合は、ありとあらゆる美徳を瞬時にしてそっくり失うこと、あたかもマントが吹き飛ばされたかのごとくであった。どちらかといえば悪戯《いたずら》好きでしかなかったわたしが、あたかも巨人が一歩踏み出したかのように、太陽神の祭司たるローマ皇帝エラガバルス（ヘリオガバルス、在位西暦二一八―二二二年）の極悪非道へと堕してしまったのだ。いったいどのような事情があって、あるいはどのような事件がきっかけで、これほどの俗悪に染まることになったのか、まずは話を聞いてもらいたい。死に神がやってくる。そしてその凶兆がわたしの精神をじわじわと締めつける。薄暗い峡谷をくぐり抜けながら、仲間が心を――それも、喉《のど》から出かかっている言葉を使えば憐《あわ》れみを――寄せてくれないものかと願う。わたしは喜んで連中に信じてもらおうとするだろう、自分がどういうわけか、人間の制御の及ばぬ環境の奴隷《どれい》にされてしまったのだと。そして探し出してもらいたいのだ、これから語る話の細部のうちに、誤謬《ごびゅう》だらけの荒野のうちにも運命という名の小さなオアシスがあることを。そして認めてほしいのだ、もう認めないわけにはいかない事実を――すなわち、誘惑というのはちょっと前までは魅力的なものであったが、このように誘惑に乗り、このように堕落への道を歩んだケースはなかったことを。だとすれば、人間はこれほどに苦悩したことはなかったということか？　わたしはずっと夢を見てきたのではないか？　そしてわたしはいま、何よりも強烈な月下の幻想の恐怖と神秘によって蝕《むしば》まれ、死んでいくところなのだろうか？

わたしが血を受け継いだ一族は、想像力にあふれ興奮しやすい傾向が変わらぬ特質であった。そして自分自身、まだほんの幼児だったころから、一族の特質をぞんぶんに表していた。成長するにつれて、それはますます顕著なものとなり、理由はさまざまではあるものの、友人たちをことごとく狼狽《ろうばい》させたり、それぱかりか自分自身をもひどく傷つけたりする要因となった。わたしは依怙地《いこじ》で気まぐれなことははなはだしく、激情にかられたらとうていおさえの効かない男になったのだ。両親はといえば、気が弱いうえに、息子同様、身体《からだ》も弱かったため、いくらわたしの内部で凶悪な傾向が芽生えたとしても、施す術《すべ》などほとんど知るわけもない。息子を矯正しようと試みたことはなかったわけではないが要領を得ず、両親側は惨敗《ざんぱい》、いうまでもなくわたしの側の圧勝。それからというもの、わたしの言うことは一家の法と化したのだ。そして、まだ同年代の幼児だったら歩行もおぼつかない年齢というのに、わたしは意志の赴くままにやってゆけることになり、名ばかりとはいえ、自らの全行動の支配者となったのである。

思い出せる限り古い学校生活の記憶は、靄《もや》にかすむかのごときイギリスの村に建つ、広く大きなエリザベス朝風の屋敷と結びついている。この村には巨大な瘤《こぶ》だらけの樹木があちこちにそびえており、家という家はみな、きわめて古色蒼然《こしよくそうぜん》とした趣きであった。じっさいのところ、この由々しき伝統の町そのものが、あたかも夢のように精神を癒《いや》す場所であった。こう思い浮かべるとき、わたしは黒々とした街路に改めて背筋の凍る感覚を覚え、その無数の低木の植え込みがもたらす芳香を吸い込み、そして教会の鐘が深くうつろに響き渡る音を聞くと、戦慄《せんりつ》とともに名状しがたい歓喜をも抑えきれなかったことを想起する。とくにこの鐘の音は、一時間毎《ごと》に、陰鬱にして唐突に響き渡り、雷文模様のゴシック風尖塔《せんとう》がじっとまどろむ薄暗闇《うすくらやみ》の大気の静寂を切り裂くものであったから。

学校時代のさまざまなことを詳しく語っていくのは、おそらく人生でいちばん楽しい。いまでこそ悲劇のどん底を嘗《な》めているだけに——あまりにも生々しい悲劇なのだ、これは！——わずかばかり、つかの間限りの安らぎを求めるのに、さほど意義があるとは思われぬいくつかの出来事をふりかえるのを、お許し願おう。さらにいえば、これらは、ほんとうに取るに足らぬ話で、馬鹿馬鹿《ばかばか》しくすら思われるかもしれないのだが、わたしの夢想にとっては、偶然にもかけがえのないものとなっている。というのも、それらの出来事こそは、のちの人生を暗雲で覆《おお》い尽くす運命について、わたしが初めて曖昧《あいまい》ながらも危機感を覚えた時期と場所とに、密接に関わっているためである。思い出してみよう。

あの屋敷は、すでに指摘したように、古く不規則な様式であった。広大な敷地には、てっぺんがモルタルにガラス破片をはめた高く堅固な煉瓦塀《れんがべい》がそびえ、屋敷全体を囲んでいる。あたかも牢獄《ろうごく》のごとき城壁がわれらの領地の境界を成していたのだ。その向こうに行くのは、週に三回だけ。まず毎週土曜日の午後に一回、ふたりの助教師に付き添われ、近隣の野原を短時間、みんなで散策するのが許されていた。そして毎週日曜日に二度、村唯一《ゆいいつ》の教会における朝の礼拝と夜の礼拝に出席するため、同じようなかたちで、みんなそろって通りを練り歩いたのであった。この教会の牧師は、我が校の校長が兼ねていた。わたしは彼を会衆席のいちばん端から眺めていたが、厳《おごそ》かにして緩やかな足取りで説教壇へ登っていくそのすがたに接し、どれほど深く驚異と困惑の念に打たれたことか！　牧師となった彼は、いかにも品よく慈愛深げで、羽織った僧衣は燦然《さんぜん》と輝きいかにも聖職者然となびいており、鬘《かつら》はといえばくまなく髪粉をまぶして堂々たる構えだ。さて、まさにこの同じ人物が、ちかごろでは苦虫をかみつぶしたような表情で、薄汚い服に身を包み、鞭《むち》を片手に学校の厳罰主義を徹底しようとしている校長だとは、いったい誰が信じよう？　これほどに絶大なる逆説は、あまりにも怪物的で、とうてい解きほぐせるものではない。

　重厚なる壁の一角では、より重厚なる扉が威圧する。鉄の釘《くぎ》でしっかりと留められ、さらにギザギザの鉄の大釘が打たれているのだ。この扉ほどに深い畏怖《いふ》の念を呼び起こすものはない！　しかもすでに述べたとおり、この扉は一週間のうち三回の出入りのために開閉されるのみ。そして、その強靭《きょうじん》なる蝶番《ちょうつがい》がきしむ音を聞くたびに、わたしたちは数限りない世界の謎《なぞ》を実感するのだ——そう、この世には深遠なる洞察を与え、荘厳《そうごん》なる思索をめぐらすべき数限りない問題がひしめいていることを。

　囲われた空間は不規則なかたちをしており、たくさんの広大なる奥庭を秘めていた。そのうち最大の奥庭の三つか四つは、遊び場だ。平坦《へいたん》で細かい砂利がぎっしり敷き詰められていた。よく覚えているのは、そこには樹木もなければベンチもなく、それに類するものもいっさい存在しなかったことである。もちろん、遊び場は屋敷の背後に位置していた。正面には小さな花壇があり、ツゲやその他の灌木《かんぼく》が植えられていた。しかしこの聖域を、じっさいにはたまにしか通り過ぎた記憶がない——学校への初登校のときと学校を卒業したとき、あるいは親か友だちがわたしたちを呼びに来て、喜び勇んでクリスマスの休みないし夏休みを控え帰宅したときに限られる。

　それにしても、これは何という屋敷だろう！　この古い建物は何と奇怪であることか、そしてまぎれもなく何と蠱惑《こわく》に満ちた宮殿であることか！　何しろその内部はいつ果てるともなく曲がりくねっており、どれだけの部屋に分割されているかもわからないほどなのだ。いまいったい一階と二階のどちらの階にいるのかと訊《たず》ねられたら、断言するのがむずかしいのである。この屋敷では、ひとつの部屋からべつの部屋へ行くのに、昇るにせよ降りるにせよほんの三、四歩しか要しない。そして水平に無数の部屋が分岐していて、やがてはそれらの部屋へ戻ってきてしまうわけだから、この屋敷全体をめぐって可能な限り精密に考えようとすれば、それは無限大をめぐる思考とさほど違わぬものとなる。この学校で暮らしていた丸五年のあいだ、わたしはとうとう、自分やその他十八名から二十名ほどの生徒たちがあてがわれていた寄宿舎というのが、いったいどれほど離れた地区に位置していたのか、定かにはつかめなかった。

教室はといえば、この屋敷のうちでも最大の大きさで、世界有数の広さだと思う。じつに長く細く、気が滅入《めい》るほど天井が低く、先細りのゴシック風の窓が配置され、オーク材の天井板がはめられている。遠くの恐ろしげな一角には八から十フィート（約二・四から三メートル）ほどの囲われた空間があり、それこそはわれらが校長にして聖職者であるブランズビー博士が聖務日課の時間に祈りを捧げる神聖な空間であった。この堅牢なる部屋には頑丈な扉があり、先生の目を盗んでひとたびそれを開けば、進んで過酷な拷問《ごうもん》を受け朽ち果てる羽目になっていたことだろう。ほかの隅には、ふたつほど似たような小部屋があり、校長の聖域ほど神聖な感じはしないとはいえ、それでもじゅうぶん畏怖の対象であった。そのうちひとつは古典教育専門の助教師の演壇で、もうひとつは英語英文学と数学を教えていた助教師のものだった。部屋中に散乱し、無限の不規則性をもって交差と再交差をくりかえしているのは、無数の長椅子《ながいす》や机で、みな黒くて古く色あせている。そこに積み上がっているのは、さんざん読み尽くした形跡のある多くの書物。それらの椅子や机にはさらに、生徒たちのイニシャルやフルネームやグロテスクな模様や、そのほかおびただしいナイフでの悪戯書きが彫り刻まれており、もとはいったいどんなかたちであったのか、いささかも想像できない。部屋のいちばん端には水の入った巨大なバケツ、そしてもういっぽうの端には途方もなく大きな時計が鎮座している。

かくも神聖なる学校の頑丈なる塀に囲まれて、わたしは十歳から十五歳までの人生をすごしたが、それは必ずしも退屈なものでも忌避すべきものでもなかった。幼年期の盛んな頭脳が興味や娯楽を得るには、事件にみちた外部の世界など不要なのだ。学校では陰気で単調な生活が続くかのように見えるかもしれないが、じつはもっと年長になってから覚える贅沢《ぜいたく》、大人になってから覚える犯罪で味わう以上に強烈な興奮が、そこにはぎっしり詰まっていたのである。とはいえ自分の最初の精神的成長は尋常ならざるものを――奇々怪々なるものを――おびただしく孕《はら》んでいたと確信している。人間全般にいえることだが、きわめて早い幼年時代の出来事というのが、大人になってからもはっきりした刻印を残すことはめったにない。すべては灰色の影であり、弱く不規則な記憶であり、わずかな歓喜とめくるめく苦痛とが見分けがたいかたちで再構築された結果なのである。ところがわたしの場合はちがう。幼年期のわたしは、すでに一人前の大人の力で、記憶のうちに刻印されたものを感じ取っていたはずである。それはあたかもカルタゴ人のメダルの彫刻部分のごとくはっきりと深く、容易には消せぬものとして残ることになった。

とはいえ事実上――世界観という事実に即してみる限り――記憶すべきものというのは、いかに少ないことか！　毎朝の起床と毎晩の就寝。暗記と暗誦《あんしょう》。定期的に来る半休日と森林踏査。遊び場にはつきものの喧嘩《けんか》と娯楽と陰謀。だが、こうした日常茶飯事であっても、久しく忘れ果てていた精神の魔法の力を借りるなら、その彼方《かなた》に垣間見ることができる――感情がいかに広大であるか、豊穣《ほうじょう》なる出来事がいかにひしめいているか、多様なる情緒とはいかに尽きせぬものであり、中でも興奮という情緒がいかに熱情的で精神を突き動かすものであるかを。「おお古き良き日々、あの鉄の時代よ！」

ほんとうのところ、わたしの性格には妙に熱情的で傲岸不遜《ごうがんふそん》な部分があるがゆえに、たちまち級友たちのうちでも目立った存在となり、さほど年長ではない連中に対して権勢をふるうようになった——ただひとりの例外を別にして。そいつも生徒のひとりであったが、親戚《しんせき》というわけではないのに、名字から名前まで、そのフルネームがわたしと寸分変わらない男であった。もっともそうした事情そのものはさほど注目には値しない。というのも、高貴な生まれとはいえ、わたしの名前は原則的に、大昔より、大衆にはありふれたものだったのだ。だからこそ、この物語の中でわたしは自らウィリアム・ウィルソンと名乗っている。この架空の名前にしておけば、本名ともさほど違わないわけであるから。わたしと同姓同名の男だけが、我が学校特有の表現で「二人一組」をなしつつも、クラスのうちで勉強ばかりか遊び場のスポーツでも喧嘩でも相争う仲で、わたしの主張をひそかに信用したり、わたしの意志にそっくり従ったりすることもなく、指図を真に受けることもなく、むしろわたしの任意の指示に対しことごとく干渉してくるのだった。そもそも至高にして絶対の専制政治がありうるとすれば、それこそは幼年期に特有のガキ大将が、仲間たちのあまり血気盛んとはいえない精神を掌握してしまったときのものであろう。

ウィルソンが反逆してくるのは、わたしにとって最大の悩みの種だった。人前では彼のことはちゃんとあしらっている、その要求もわかっている、と虚勢を張っていたにもかかわらず、わたしはひそかに自分が彼を恐れているのを感じていたし、彼がやすやすとわたしと対等になりおおせ真の優越を証明したことは実感していたから、なおのこと悩みは深い。負けたくなければ永遠に戦い続けなければならなかったからである。しかし彼の優越を——互角と言い換えてもいいが——認識しているのは、ほんとうのところわたしだけだった。仲間たちには無根拠な思いこみがあるらしく、そんなことになっていようとは気づく気配もない。たしかに彼には競争心や抵抗力が強く、それに何よりわたしのもくろみを生意気にもしつこく妨害し続けてきたのだが、それほど強烈ではないため人目につくこともなかったのだ。彼にはわたしを駆り立ててやまぬ優越への野望も精神の情熱的エネルギーもそろって欠落しているかのように思われた。わたしと張り合うさいにも、その唯一のきっかけがあるとしたら、たんにわたし自身を出し抜き唖然《あぜん》とさせたい、あるいは辱《はずかし》めたいという、奇妙な欲望でしかなかったかもしれない。とはいえ、時として驚愕《きょうがく》と屈辱と不興を覚えながらも気づかざるをえなかったのは、彼が織りなす攻撃や侮辱や反抗のうちには、じつに不適切かつ場違いなかたちで、何らかの情愛を含んだ手つきが感じられたことである。かくも奇妙なふるまいがなぜ生じたのかといえば、いかにも相手を庇護《ひご》し擁護してやっているのだという雰囲気を卑劣にも演出しようとする、彼の圧倒的な虚栄心の成せる業としか、考えられない。

ウィルソンのふるまいのうちでは、おそらくいま述べたうちの後者、すなわち相手を擁護してやっているという特徴が、同姓同名という事実、およびたまたま同年同月同日に同じ学校に入学したという事実と組み合わさり、われわれふたりが兄弟であるという噂《うわさ》が校内の上級クラスのなかに流れることになる。上級生たちはたいてい、下級生たちのことを根掘り葉掘り訊ねるわけではない。すでに述べたように、いや当然述べたと思うのだが、ウィルソンはわが一族とはいささかの血のつながりもない男であった。だが万が一われわれふたりが兄弟だとすると、双子だったにちがいない。というのも、ブランズビー博士の学校を卒業後のことだが、わたしは偶然にも、この同姓同名の人物が一八一三年一月十九日の生まれであるという、とてつもない奇遇を知ることとなったからだ。そう、この日は誰あろうわたし自身の誕生日だったのである。

ウィルソンというライバルがいることで、彼がたえず不撓不屈《ふとうふくつ》の対抗心を燃やし続けていることで、不安がおさまることはなかったものの、彼を忌《い》み嫌うところまで行かなかったのは、われながら不思議なことだ。なるほど、わたしたちは来る日も来る日も喧嘩をくりかえしたが、そんなとき、彼は公《おおやけ》のかたちでわたしに勝者の栄誉を与えながらも、じっさいには勝者の名に値するのは自分なのだとこちらに実感させるべく画策するのだった。とはいえ、わたしのほうにも誇りがあり、彼のほうにもゆゆしき尊厳があったから、いつでも「会えば話をする仲」は保っていたのだが、いっぽうでは両者のあいだにはじつに相性の良さを示す点もたくさんあり、それを思うと、いまのようなライバル関係にさえなければ、おそらくは友情にまで発展する可能性もあったのだと感じてしまう。じっさい、わたしが彼のことをどう思っていたか、ほんとうの気持ちを定義し記述するのは至難の業だ。その中身はいろんな要素のごたまぜなのである。まだ憎悪《ぞうお》にはなりきっていない強烈な敵意もあれば、尊敬や敬意、恐怖もあり、そこにさまざまな好奇心が入り乱れている。道徳的に考える向きには、けっきょくウィルソンとわたしは切っても切れない仲ではないか、ということに落ち着いてしまうだろう。

われわれふたりのあいだには尋常ならざる事件が続出したが、そのためにわたしが彼に攻撃を仕掛けるときにも（公的にも内密にも何度となく）すべて悪ふざけに仕立て上げるのが常であり（まったくの冗談を装《よそお》って嫌がらせをするのだ）、手もつけられないような敵対関係にもつれこむことは、まずなかった。とはいえ、いかに周到に考え抜いた計画でも、わたしの懸命の努力のぜんぶがぜんぶ効を奏したとは言えない。この同姓同名の男の性格には、気取らず静かで謹厳なるところがあり、わたしの強烈な悪ふざけをおもしろがりながらも致命傷は受けず、むしろ笑いの種にされることを断固拒絶したものだった。じっさいには、彼にはひとつだけ急所があり、それはおそらく身体上の疾患に起因する個人的な特質であって、わたしのようなライバルであればそこに徹底的につけこむだろう。というのも、わがライバルには咽喉《いんこう》機能に問題があり、どんなに声を出そうとしても低くささやく以上のことができなかったからである。こうした身体的欠陥を利用しない手はない。

ウィルソンの報復はその性質上、おびただしかった。そして彼の狡智《こうち》の成せる業のうちにはひとつだけ、わたしを徹底的にやりこめるたぐいのものが含まれていた。わたしに嫌がらせをするにはほんのささいなことを持ち出せばじゅうぶんなのだということを、いかにして知るに至ったのか、それはまったくわからない。しかし、ひとたび知ってしまうと、彼は何度となく同じ嫌がらせをくりかえした。それまでの時点で、わたしがたえず自己嫌悪《けんお》を抱いていたのは、父方から受け継いだ自らの無味乾燥な、下賤《げせん》とはいわずとも平々凡々なる第一名であった。その名前を織り成す言葉を聞くと、あたかも毒を盛られたかのように感じるのだ。そして、わたしが初登校したまさにその日、第二のウィリアム・ウィルソンもまた初登校し、わたしは彼がまったく同じ名前であるのに激怒するとともに、その名前に対する嫌悪感が倍増したのである。というのも、見ず知らずの人間が同姓同名で現れ、名前が二重に反復される元凶と化したばかりか、奴《やつ》はいつだってわたしの行く手を阻《はば》み、さらには学校での日々のスケジュールをこなすだけでもおぞましき奇遇が重なって、必然的にやることなすこと、わたしとほぼ変わらないかのごとき様相をきたしていたのだから。

ここに生じた焦燥感がますます募るようになったのは、わがライバルとわたし自身のあいだで、心身ともに似ている部分がぞくぞくと浮上してきたからである。それまでは、ふたりが同い年だという肝心の事実には気づいていなかった。しかし同じ背丈であるのはわかっていたし、すがたかたちが瓜《うり》二つであることも認識していた。わたしが激怒したのは、われわれの血縁関係をめぐる噂が上級生のあいだに蔓延《まんえん》しているのを知ったときである。何よりも嫌だったのは（そうした嫌悪感が顔に出ないよう慎重を期したつもりなのだが）、われわれふたりが心身ばかりか境遇に至るまでそっくりだという噂が出たことだ。もっとも、ほんとうのところ（両者の血縁関係の問題、それもウィルソン自身の問題を除けば）、そもそも同じ学校の生徒たちからふたりが似ているという論評が下されたということ、そうでなくとも認識されたということ自体を信じるいわれは、いささかもない。彼が事態の全局面を、わたし同様しっかりつかんでいたのは明らかだった。そして、まさにこうした事態のさなかより絶好の嫌がらせの種をもつかみだしてしまったところに、先にも述べたごとく、この男の並々ならぬ洞察力がひそむ。

彼のしぐさはどこをとってもわたし自身のをそっくり写し取ったもので、その範囲は言葉遣いのみならず動作にも及んでいた。そして彼はみごとなまでにそっくりさんの役回りを演じたのである。まずわたしの衣服を真似《まね》するのは簡単だろう。歩き方や物腰全般についても難なくマスターできる。彼自身に発声器官上の欠陥があるにもかかわらず、声のほうも模写している。わたしの大声を真似るのは無理だったが、声の調子は寸分変わらない。そして彼の特徴ともいえる囁《ささや》き声は、あたかもわたし自身の声の谺《こだま》のごとくに響くのだった。

ともあれ、彼はわたしのすべてをまるまる模写してみせたのであり（それはとうてい物真似芸に留まるものではなかった）、そのことでわたしが受けた打撃がいかに甚《じん》大《だい》なものであったかは、筆舌に尽くしがたい。ただひとつの気休めがあるとしたら、彼がどんなにわたしの猿真似をしてみせても、それに気がつくのはわたしだけだということ、そしてこちらとしては彼がいかにも思わせぶりで、妙に皮肉っぽい微笑を浮かべているのを堪え忍べばよいことだった。わたしの心にまんまと一撃を食らわしたことに満足した彼は、その一刺しの効果にほくそ笑んでいたようであったが、かくなる狡智の計略に対して当然得られてしかるべき周囲の賞賛が得られていないことについては、まったくおかまいなしの様子であった。そう、我が校の連中はみな、彼の目論見《もくろみ》にも気づかず、それがいかにみごとな達成を遂げたかも認めず、その悪意に賛同することもなかったため、わたしはわけがわからず、何ヶ月も悶々《もんもん》としていたものである。たぶん彼の物真似にも劣化作用が生じてしまい、にわかには真似とは気づかれなくなっていたのだろうか。あるいは、わたしの身が守られていたのは、この模倣者がすでに名人芸の域に入っていたせいかもしれない。彼はもはや原作者の描線などは踏みにじりつつ（芸術作品であれば、愚鈍な観客にわかるのはせいぜいそのていどであろう）、原型の雰囲気だけはじつによく伝えているのをわたしに気づかせるとともに、辱《はずかし》めようともしていたのである。

彼がどことなくわたしを庇護してやっているのだという不愉快な気配を漂わせていることについては、そして差し出がましくもわたしのやりたいことを邪魔するような素振りをしょっちゅう見せることについては、すでに一度ならず語ってきたところである。そんなとき、彼はたいがい、じつに卑劣にもこちらに助言してやっているのだ、という態度に出た。だがその助言ときたら、誰にでもわかりやすいたぐいのものではなく、遠回しにほのめかす程度にすぎない。そのやりかたに対し、わたしは年を経るにつれて、どうにも我慢ならなくなった。しかし、いまからあの遠い日のことをふりかえり、公正に考えてみるに、わがライバルの助言なるものが、まだ未熟で経験不足だったわりには、決してまちがっていなかったことは、たしかなのである。少なくとも彼の倫理観だけとれば、それが一般的な才能や世知とは異なるとはいえ、わたし自身に比べてはるかに鋭敏であるのはまちがいない。その思わせぶりな囁きにこめられた助言には当時こそまったくもって辟易《へきえき》していたけれども、しかし万が一、それらをもうすこし受け入れていたら、自分がいまよりもましで、いまよりも幸福な大人に成長していたように感じられることも、疑いえない。

だがあの時代のわたしは、ともあれ彼にいまわしくも監督されているような事態から一刻も早く抜け出したくてたまらず、その耐え難い傲岸不遜な態度には日増しに嫌悪感が募っていった。すでに述べたとおり、同じ学校の級友として知り合うようになった最初の歳月に限るなら、彼に対する気持ちがやがては友情へ育っていくことも容易だったかもしれない。だが、寄宿舎生活も後半を迎えると、彼がいつものように介入してくる度合が疑いなく減少したにもかかわらず、わたし自身の気持ちとしては、ほぼ同じ要領で、相手を積極的に憎悪するようになったのである。あるとき彼自身がそれに気がついてしまったようで、それからはわたしを避けるか避けるふりをするかのどちらかになった。

記憶が正しければ、まさにそのころではなかったろうか、激越なる口論をするうちに彼がいつも以上に油断して、その本性には似合わぬ率直な態度でふるまったのだが、わたしは彼の口調や雰囲気、全体的な様子から、驚きと深い感銘を与える決定的な条件を発見した――そうでなければ発見したと夢想するに至ったのは。というのも、まさにその条件こそは、わたしの最も幼かった時代のことをおぼろげながら呼び覚まし、記憶自体がまだ生まれていない時代に、多様なる記憶が狂おしくも混迷のうちに群れ集っていたときのことを実感させたのだから。自分を圧迫してやまないあの感覚を表現するには、こう断言するしかない――わたしはむかしむかしのあるとき、限りなく遠いむかしのあるときに目前に立ちはだかっていた人間と知り合いであったという信念そのものを、何とか振り払うことができたのだと。とはいえ、こんな妄想も生じるとともに立ち消えてしまった。そしてわたしがそもそもこのことに言及するのも、わたしがこの奇妙な同姓同名人物と最後の会話を交わした日のことを明らかにするためなのである。

この巨大な屋敷は無数の部屋に分かれていたが、なかでもいくつかの大きな部屋同士は相互に連絡しあっており、そこに圧倒的多数の生徒たちが寝泊まりしているのだった。とはいえ（このようにぎこちなく設計された建物にはつきもののことながら）、邸内には構造上割り切れない、たくさんの小さなくぼみが生じてしまっていた。そしてまさにこうしたくぼみの空間を効率的に利用しようと思いついたブランズビー博士は、それらすべての空間をも寄宿部屋に仕立て上げた。もちろん、せいぜいがただの衣装戸棚《クロゼット》ぐらいの大きさしかないため、人間がひとり収まるのがやっとであったのだが。そして、そうした小部屋のひとつに暮らしていたのがウィルソンだった。

ある晩、第五学年が終わるころ、さきほど述べた口論のすぐあとに、みんなが寝静まったのを見計らったわたしは、ベッドから起きあがると手にランプを携え、錯綜《さくそう》した狭い通路を忍び足で突き進み、自室からライバルの部屋へ向かった。わたしは前々から、彼に一矢《いっし》報いてやろうという悪だくみを計画していたのだが、これまでのところ、ことごとく失敗に終わっている。そこでとうとう計画を実行に移すべく、いままで自分が吹き込まれた悪意のいっさいがっさいを彼に痛感させてやろうと決意したのだ。かくして彼のクロゼットに到着すると、音もなく入り込み、ランプにはシェードをかぶせて室外に置く。一歩踏み出し、彼がすやすやと眠っているのに耳を澄ます。

熟睡しているのを確認すると、わたしはいったん引き下がってランプを持ち出し、それを掲げてベッドに近づいた。その周囲にはびっしりとカーテンが囲っていたので、計画を実行するためにそれをそっとゆっくり引き上げる。すると明るい光線が眠れるライバルをあかあかと照らし出し、まったく同時に、わたしの視線は彼の表情に釘付《くぎづ》けになった。彼の顔を見るやいなや、痺《しび》れて凍りつくような気分が全身を覆《おお》う。胸がふるえ、膝《ひざ》がよろけ、魂のすべてが得体の知れぬ耐え難き恐怖に取り憑《つ》かれてしまったのだ。あえぎながら、ランプを相手の顔にどんどん近づけていく。さあ、はたして――ウィリアム・ウィルソンというのはこんな顔立ちだったろうか？　まちがいない、たしかに彼自身だ。しかし、わたしはあたかも悪寒《おかん》の発作に襲われたかのごとく、それでもこれは彼ではない、と首を横に振る。いったいこの顔立ちのどこに、かくまでもわたしを混乱させるところがあるというのか？　まじまじと見つめ直しているあいだ、脳裏には不条理な思いがつぎからつぎへとよぎっていく。ちがう、起きて活動しているときの彼は、断じてこんなふうじゃない。同姓同名！　見た目もそっくり同じ！　しかもここへ入学した日までまったく同じ！　かてて加えて、わたしの一挙手一投足を頑迷なまでに、そして無意味なまでに猿真似するとは？　たったいま目撃した彼のすがたが辛辣なる物真似を日々くりかえした結果にすぎないなんて、これはほんとうに人間業なのか？　恐ろしくて背筋が寒くなったわたしはランプを消し、そうっと部屋から退散するとともにこの古い学校の寄宿舎を立ち去り、二度と再び足を踏み入れることはなかった。

そして数ヶ月のあいだ、自宅でぶらぶらしていたわたしは、名門男子校イートン校に入学する。短いブランクではあったが、ブランズビー博士の学校での出来事の記憶を闇《やみ》へ葬《ほうむ》るには、少なくともそれらを思い出すときの感触が実質的に変化するためには、じゅうぶんな期間であった。あの時代のドラマをめぐる真実も悲劇も、すっかり過去の話だ。いまのわたしは、自分の五感が捉《とら》えたもののたしかさを疑うだけの余裕があったし、あの時代のことをかろうじて想起するとしたら、人間とは何と信じやすい生き物かと驚きつつ、自分が遺伝的に受け継いだ想像力が何と荒唐無稽《こうとうむけい》な代物《しろもの》かと微笑《ほほえ》ましく思うばかり。いちど頭をもたげた懐疑心は、イートン校で暮らすうちにおさまることもなさそうだった。わたしがそこでたちまち、大胆にも飛び込んでいった分別なき愚行の渦は、過去にこびりついたあぶくをほとんど洗い流すと同時に、いかに強烈に刻み込まれた印象の断片であれ、そのすべてを吸い込んでしまい、あとに残るは、以前の自分の中でも軽佻浮薄《けいちょうふはく》をきわめた記憶のみ。

とはいえ、ここでわたしは自らの悲惨なる放蕩《ほうとう》生活をふりかえるつもりはない――

何とか学校当局に捕まるのだけは免れたとはいえ、まったくもって法を犯すがごとき暮らしをしていたわけだから。ともあれ三年間ものあいだ乱痴気騒ぎをやり続けたところ、さして利益になるものはなかったものの、自らの悪徳だけはしっかりと根をおろし、図体のほうも尋常ならざるほどにでかくなったのだが、そんな折も折、一週間ほど愚劣にも放蕩の限りを尽くしたあげく、わたしは学内でも札付きの生徒たちを自室へ招き、秘密の酒盛りを行ったのである。集合したのは夜遅く。というのもわれわれの乱痴気騒ぎはまちがいなく朝まで長引く予定だったためだ。ワインがなみなみと注がれ、それ以外の、いっそう危険な誘惑にも事欠かない。そのあげく、われわれの一大宴会がクライマックスに達したときにはもう、東の空がほのかに夜明けを迎えていた。トランプと酒とでひどく火照《ほて》っていたわたしは、いつも以上に冒瀆《ぼうとく》的な所業に出ようとしているところであったが、まさにそのとき邪魔が入り、部屋のドアがわずかとはいえ荒々しく押し開けられ、外から召使の切実な声が聞こえた。誰かがこの寄宿舎に来て、すぐにもわたしに話があると言っているらしい。

ずいぶん酒が入っていたので、そんな予期せぬ邪魔が入っても、驚くどころか大歓迎だった。ただちに千鳥足で立ち上がると、ほんの数歩で寄宿舎の玄関に辿《たど》り着く。そこは天井が低く狭い空間で、ランプも置かれていない。そもそもいかなる光もないところであり、かろうじてずいぶんおぼろげな曙《あけぼの》が半円形の窓から射《さ》し込んでくるにすぎない。さて敷居にさしかかったときのことだ、そこにわたしと同じぐらいの背丈の若者がいるのに気がついたのは。彼は純白のカシミア製モーニング・フロックコートを羽織っており、それは何とわたし自身がそのとき着ていたのとまったく同じ最新流行のデザインであった。かすかな曙光《しょこう》のもとであっても、それぐらいは見分けることができる。とはいえ、いったい相手がどんな顔をしているのかが、まったくわからない。わたしが玄関まで来るやいなや、彼はつかつかと寄って来ると、憤懣《ふんまん》やるかたないようすで腕をつかみ、こう囁いたのである。「おれだ、ウィリアム・ウィルソンだ！」

一気に酔いが覚めてしまった。

見知らぬ訪問者の素振りや、そして彼がわたしの視線と曙光のあいだをさえぎるように指を持ち上げ震わせているようすを見て、わたしは心底仰天したのである。とはいえ、ひどく感銘を受けたのは、じつはそうしたしぐさのほうではない。あの奇妙で低く耳障《みみざわ》りな声で荘厳《そうごん》なる忠告が伝わってきたときの含みや、とりわけ彼がほんのわずかだけ、簡潔にして懐《なつ》かしい調子で囁く数音節が帯びていた音質や音調や音程こそが、過ぎ去りし日々をめぐる無数の記憶を呼び覚まし、わが魂にガルヴァーニ電池並みの電撃を与えたのだった。だが、わたしがかつての感覚を取り戻したころには、もう彼のすがたはなかった。

この事件は、わが錯乱せる想像力にたちまち強烈な効果をもたらしたが、しかしそのぶん消え去るのも早かった。もっとも、数週間というもの、この事件をめぐってしきりに自問自答し、病的なまでの思索の暗雲に包まれていたのは、たしかなことである。この目で見てしまった以上、あの謎《なぞ》の男がいったい何者なのか、弛《やす》むことなくこちらの生活に口を出し、暗示的な助言で苦しめるあいつがいったい誰なのか、その正体をごまかすつもりはない。にもかかわらず、いったいこのウィルソンなる男は誰で何者なのか、どこから来て何をたくらんでいるのか？　いずれの点においても、満足な答えは得られていない。彼自身についてたしかなのはひとつだけ、家族に急変があり、まさにわたしがブランズビー博士の学校を逃げ出したのと同じ日の午後に、彼もまたあの学校を退学したのだということのみ。しかしあれから大した時間が経《た》っていないとはいえ、わたしはもうこの話題をあれこれ考えるのはやめていた。このとき夢中になっていたのは、オックスフォード大学へ入学しようという計画に尽きた。そしてじっさい、わたしはそこへ入学を許された。両親は喜びのあまり金に糸目をつけず、衣食住の心配がなくなったわたしは、すでに慣れ親しんだ豪奢《ごうしゃ》な生活を思うぞんぶん堪能《たんのう》し、ついには大英帝国一の富豪たる伯爵家《はくしゃくけ》に生まれた、いかに高慢なるお坊ちゃまたちとも張り合えるほどに、浪費に次ぐ浪費を重ねたものだった。

かくも悪徳に染まりきった暮らしが刺激となり、わが生来の気質は勢いを倍増させて噴出した。そしてわたしは、放蕩生活にどっぷり漬かるあまりに、世間的に保たねばならぬ品格すら、顧みないようになった。とはいえ、いかに贅沢《ぜいたく》な暮らしをしていたかをこまごまと数え上げるのも馬鹿《ばか》げていよう。ここはとりあえず、名だたる浪費家のうちでもわたしはかのヘロデ王をもしのぐほどであったこと、自分が関わった新たなる愚行を白状すれば、いかに退廃をきわめたヨーロッパの大学が、そこで横行する悪徳の限りをリストアップしたとしても、わが悪逆非道といささかも変わるところがないほどであったことを付言すれば、じゅうぶんだろう。

もっとも、信じられないかもしれないが、わたしはことここに至ってさえ、紳士的な境遇からまっしぐらに転落してしまったため、プロの賭博師《とばくし》の卑劣きわまる手練手管を覚えるようになり、とうとうそれに熟達すると日常的に実践し、大学の同窓生たちのなかでもトロい連中をカモにしては、すでに莫大《ばくだい》だった収入をますます増やしていったものだ。いくらウソ臭くても、これは正真正銘の事実である。そして、男としての品格を疑われるような悪事のスケールがあまりに大きかったことこそが、まんまと罪に問われることなく済んだことの、唯一《ゆいいつ》とはいわずとも主要なる理由なのである。じっさい、いかに自堕落をきわめた仲間のうちでも、自分の五感がいくらはっきり捉えた現実だからといって、それを肯定するだろうか。仮にその道筋に多少おかしなところを感じたとしても、かの陽気で率直で寛大なるウィリアム・ウィルソン、オックスフォード大学きっての高貴にして自由なる普通学生ウィリアム・ウィルソンの仕業だなどとは疑うはずはあるまい。というのも、わが愚行は（太鼓持《たいこもち》どもの言うところでは）若気の至り、気ままな妄想の産物にすぎず、わが過《あやま》ちはひどい気まぐれの効果にすぎず、その最低なる悪徳は脳天気で威勢ばかりの浪費にすぎないのだから。

そんな暮らしをまんまと二年間も送ったころであろうか、若き成金貴族のグレンディニングという男がオックスフォードに入学してきたのは。うわさによれば、彼はギリシャの修辞家ヘロデス・アッティカスぐらいに金持ちで、しかもその財産はすんなり手に入れたものだという。わたしはすぐに彼があんまり頭脳派ではないとわかったので、当然のことながら、これは絶好のカモが飛び込んできたと考えた。わたしはしょっちゅう彼をゲームに誘い込んでは、賭博師の十八番のやり口で、まずは莫大な金額を儲《もう》けさせたのだが、それはもちろん、いっそう効果的に彼を罠《わな》へとおびき寄せる手口にほかならない。そして計画を実行するのに絶好のチャンスが訪れたとき、わたしは、われわれ双方と親しい仲間の普通学生プレストン君の部屋で彼と対面を遂げた（この対面が最後にして決定的なものになるようしっかり企《たくら》んだうえのことである）。ただし公正を期して言えば、このときプレストン君本人は、わたしのほうにそんな悪だくみがあるなどとは、いささかも思っていない。今回のチャンスをよりよく演出するために、わたしは八名から十名ほどの連中をかき集め、トランプを始めるのが偶然に見えるように、そしてわがカモであるグレンディニング自身が言い出したことのように見えるように、細心の注意を払ったものだ。悪辣《あくらつ》なる話題について手短かに説明するなら、低位の札を利用するフィネッスの技巧はいささかも省略されることなく、その手は同様なケースにおいては常套《じょうとう》手段だったため、驚くべきことに、参加者の誰もがゲームにのめりこみ食いものにされる可能性が生じていたのだった。

トランプは夜更《よふ》けにまでズレこみ、わたしはついにグレンディニングだけを対戦相手に仕立て上げた。しかも今回のゲームはわたしの大好きなエカルテなのだ！　対戦するのは二名だけで、それ以外の連中がゲームの行方を知りたいというのなら、まず自分たちのカードをすべて捨てたうえで、対戦者たちの肩越しに立ち見守るしかない。この成金貴族には、夜も早いうちに深酒するよう手を打っておいたが、あるていどはそれが功を奏したのか、いま彼がカードをさばく手つきはひどく神経質になっている。

いくらかは酒のせいなのかどうか、それはわからない。たちまちのうちに彼はわたしに対し莫大な借金を背負うことになり、えんえんとポートワインを飲み続けたせいか、こちらの予想通りの解決策に出た——とうに跳ね上がっている賭《か》け金を二倍にしよう、というのである。もちろんわたしは、そんなことはしないほうがいいんじゃないかという素振りを見せたけれども、くりかえし固辞したのがかえって相手を煽《あお》り立て怒り心頭に発したようすになったため、そのとき初めてその提案を呑《の》む。いうまでもなく、彼はその結果、まんまとわたしの罠にひっかかった。一時間もしないうちに、その借金は四倍になった。ワインの力で火照っていた顔は、徐々にその血色を失っていった。しかしいまとなっては、驚いたことに、まるっきり顔面蒼白《そうはく》と化しているのに気づく。さて、たったいまわたしは「驚いたことに」と述べた。グレンディニングについてしきりに探ったところでは、彼は莫大な財産に恵まれており、現時点でいくらギャンブルで敗北を喫したにせよ、そこですってしまった総額ぐらいでは、とりたてて困るようすも、ひどく左右されるようすもない。彼が消耗してしまったとしたら、飲み込んだワインのせいではないかということは、すぐにも想像がついた。そして、仲間たちの目に映るわたし自身の人望にはいっさい変わりがないようにという動機が、ほかのもっとましな動機を圧倒してしまったために、わたしはここでゲームを中断しようと、断固主張しようとしたのだが、ちょうどそのとき、背後の観客連中がすぐかたわらでざわめきはじめ、さらにはグレンディニングの完敗を嘆く叫び声まで聞こえるようになり、わかってしまったことがある。そう、わたしは彼を全面的に陥落させてしまったのだが、それをもたらした条件を考えると、相手を誰よりも憐《あわ》れむべき対象に仕立て上げたにしても、ほんとうは悪におとしめることだけは避けておくべきだったろう、ということだ。

このとき、こちらがどんなふるまいに出たのか、定かには思い出せない。わがカモが悲劇的な運命に陥ったことで、そこにいるみんながみんな打ちひしがれたようすであった。やがて、しばらくは全員が黙りこくってしまい、そのあいだというもの、わたしは仲間のうちでもさほど退廃的でないほうの連中から侮蔑《ぶべつ》と譴責《けんせき》の視線を浴びて、頬がひりひりするような感覚に襲われた。さらに白状すると、それに引き続き、いきなりとんでもない邪魔が入ったために、ほんの一瞬ではあるものの、耐え難いほどの不安で胸がはちきれんばかりになった。部屋の広く重厚なアコーディングドアが一挙に最大限にまで開いたせいであり、そのときの猛烈きわまる衝撃を浴びて、あたかも魔法のごとく、室内を照らしていたロウソクはすべて消えてしまった。ただし光が消え入る間際《まぎわ》に、その得体の知れない闖入者《ちんにゅうしゃ》がだいたいわたしぐらいの背丈で、全身をマントにしっかりくるんでいるのだけは、見て取れた。とはいえ、いまやあたり一面が暗闇である。この闖入者がわれわれのなかにまぎれこんでいるのを感じるばかりだ。あまりの無礼に驚き呆《あき》れ果てたわたしたちは、まだショックから立ち直れないほどであったが、そのときこの闖入者が語りかけてきたのである。

「紳士諸君」それこそは我が骨の髄までを震撼《しんかん》させる、低くても明瞭《めいりょう》で一度聞いたら忘れられない囁《ささや》きであった。「紳士諸君、こんなふるまいに及んだからといって、いっさい弁解するつもりはない。というのも、こうすることで、わたしはたんにひとつの義務を果たしているにすぎないからだ。君たちはまちがいなく、今夜のエカルテでグレンディニング卿《きょう》から莫大なる金をまきあげた人間がいったいどんな性格の持ち主であるかを、まったく知らないだろう。よってわたしは、この不可欠な情報を得るための簡にして要を得た方法をお教えしたい。お手すきの折でかまわないから、この男の左袖《そで》のカフスの内側と、その豪華に刺繍《ししゅう》されたモーニング・フロックコートのやや大きめのポケットにしまい込まれているだろう小さな包みのいくつかとを、とっくりと調べてみたまえ」

闖入者が語っているあいだ、あたりは静まりかえって、床にピンが落ちても聞こえるほどであった。語り終えると、彼はすぐさま、入ってきたときと同じぐらいに唐突に、立ち去った。このときに湧《わ》き出た感情をどう表現できるだろうか？　――ありとあらゆる地獄の恐怖に駆られたことを表明すべきだろうか？　何よりもはっきりしているのは、このときのわたしには事の重大さをろくろくふりかえってみるだけの余裕がなかったことだ。仲間たちの腕が伸びてたちまちわたしを取り押さえ、すぐさま灯が戻る。そして取り調べが始まる。わたしの袖のおおいの中からはエカルテに不可欠な絵札のすべてが回収され、フロックコートのポケットからはおびただしいトランプのセットとわれわれのゲーム中に使ったそれらの模造品が押収《おうしゅう》される。唯一の例外は、わたしの使っていたのが専門的に呼ぶところの四隅の丸いカード《アロンデ》だったことだ。最高の役札は上下両端のところがかすかに凸面状に、すなわちすぐわかるよう丸く削られており、低い札は左右両側に同じ細工が施されていた。こういう仕掛けになっていたため、カモがいつものごとくトランプを縦に切ると必然的に対戦相手のほうへ最高の役札を渡してしまう羽目となり、いっぽう賭博師のほうはトランプを横に切るため、必然的に敵側に対しゲームで有利になるような役札を渡すわけがない。

　このからくりが発覚して周囲の憤懣が爆発し攻撃されたとしても、せいぜい無言の侮蔑ないし冷ややかな非難ともいえないような視線に甘んじればいいだけのことであり、じっさい事態はそのように受け止められたのであった。

「ウィルソン君」と部屋の主《あるじ》は身をかがめると、足下に落ちている高価な毛皮製の超豪華なマントを拾い上げる。「これは君のお召し物だろう」（冷え冷えとした天候の日だったから、自室を出るときにはもう、フロックコートの上にマントを羽織っており、ゲーム会場に到着したときに脱いだのだった）。「たぶんこれ以上、君のトリックの証拠を掘り当てても、蛇足にしかなるまい」（そう言いながら、我が衣服の襞《ひだ》の数々を冷笑的に眺めている）。「そう、もうたくさんだよ。ともあれ君はもうオックスフォード大学を退学したまえ——いずれにしても、いますぐ、ぼくの部屋から退去したまえ」

完膚無きまでにおとしめられ、屈辱を嘗《な》めさせられたのだから、おそらくは自分がこれだけストレートに非難攻撃されたことを嘆くのがふつうだったろうが、このときのわたしはといえば、誰より度肝を抜かれるような人物が登場したという事実のほうにすっかり気を取られてしまっていたのである。たしかにわたしが身につけていたマントは世にも稀《まれ》なる毛皮で作られていた。いかに貴重であり、どれほど超高価であるかは、あえて言わないでおこう。こうしたいでたちを選んだのは、わが想像力のたまものである。というのも、わたしはこの手の軽佻浮薄《けいちょうふはく》なセンスでいかに馬鹿げたファッションをまとうかについては、一家言あったからである。したがって、部屋の主プレストン君が部屋のアコーディングドアに近い床から拾い上げた衣類を渡してよこしたとき、わたしは限りなく恐怖に近い驚愕《きょうがく》をもって、すでに手にしている自分の衣類を眺め（それも明らかに何気なく携えてだった）、そしてたったいま手渡されたマントがいかなる細部を取っても瓜《うり》二つであるのを知ったのだった。記憶する限り、わたしを破滅させるほどに暴露した謎の人物がマントを羽織っていたのは、たしかである。そして、パーティ参加者でそんなものをまとっていたのは、わたしのほかにいない。気を取り直して、プレストン君から手渡されたほうのマントを取り上げ、知らず知らずのうちに、わたし自身のマントの上に羽織ると、断固許さないといった面持ちで部屋を立ち去る。そして翌朝、まだ夜明け前の時点で、恐怖と屈辱に悶《もだ》え苦しみながら、わたしはオックスフォードから大陸へ渡る旅路を急ぐ。

とはいえ、わたしの逃避行は無駄に終わった。わが宿敵はあたかも勝ち誇ったかのようにあとから追いかけ回し、そしてその不可思議な勝利がまだ序の口にすぎないことを証明してみせたのだ。なにしろパリに到着するやいなや、彼がまたぞろわたしの領分におぞましくも介入してきたことを確認してしまったのだから。長い歳月が過ぎ去ったが、一度として心休まるときはない。この凶悪犯め！　ローマではいかにも悪いタイミングを狙《ねら》ったかのごとく、あたかも妖怪《ようかい》のごとくどこにでも立ちはだかり、わたしの野望を挫《くじ》くのだ。ウィーンでもそうであったし、ベルリンでもモスクワでもそうだ！　それらどの町においても、わたしは彼を心から呪《のろ》うだけの切実なる理由があった。その不可解なる圧力より、命からがら逃げるときには、あたかも疫病《えきびょう》から逃れるかのような気分だったものである。そしてわたしはとうとう、地の果てまで逃避行を続けたものの、すべて無駄に終わった。

そのたびごとに、くりかえしくりかえし、わたしは自身の魂と密《ひそ》かに対話を続け、こう訊《たず》ねたものである——「彼はいったい誰だ？　どこから来たのだ？　何をたくらんでいるのだ？」しかしついぞ答えは見つからない。かくしてわたしは、彼がいったいなぜ、かくもさしでがましい監視を続けているのか、その様式と方法、主要特徴を微に入り細を穿《うが》って調べ上げた。にもかかわらず、ことここに至るも、推測のきっかけすらほとんど摑《つか》めない。じっさい理解しうるのは、このところ彼は何度となく行く手に立ちはだかってきたけれど、いずれの場合も例外なく、もしも実現したら凶悪犯罪ともなりかねない計画や行動を挫折《ざせつ》させ妨害するためにのみ立ち現れる、ということにすぎない。はてさて、かくも傲岸不遜《ごうがんふそん》な暴君の自己正当化として、これは、何と薄弱なる論拠であることか！　かくも執拗《しつよう》かつ侮蔑的に否定されてしまった人間主体の自然権を守るには、何と脆弱《ぜいじゃく》なる免責理由であることか！

わたしがこれまで前提とせざるをえなかったのは、この敵が、非常に長い時間をかけて（たとえば周到かつ奇跡的なほどの巧みさでわたしとそっくり同じ衣装をまとい続けるといった悪ふざけを続けながら）、こちらのやることなすことを邪魔するにあたり、じつに巧妙に作戦を立ててきたがために、どんなときもわたしにはその顔が確認できないようになっていたのではないか、ということであった。ウィルソンが何者であろうと、このことは最大の欺瞞《ぎまん》であり、そうでなければ愚行である。だが彼は一瞬でもこんなふうに考えたろうか——イートン校におけるわが忠告者のうちに、オックスフォードにおけるわが名誉の冒瀆者《ぼうとくしゃ》のうちに、ローマでのわが野心への、パリでのわが復讐《ふくしゅう》への、ナポリでのわが情熱的な恋愛への、あるいは彼が勝手にエジプトでのわが強欲と名付けている事件への介入者へのうちに、つまりはわが宿敵にして悪の権化《ごんげ》のうちに、わたしが学校時代の級友のひとりウィリアム・ウィルソンを、わが同姓同名の片割れにしてライバルを、そう、ブランズビー博士の学校において忌避し恐怖していたあのライバルのすがたを、認め損なうとでも？　そんなことはあり得ない！——だが、そろそろこのドラマの掉尾を飾る重大な場面へ急ごう。

　これまでのところ、わたしはむざむざと、この傲岸不遜なる相手の仕切るままにしてきた。ウィリアム・ウィルソンの高慢なる性格や、高尚なる知性、遍在し全能に見える特質には深い畏敬《いけい》の念を捧《ささ》げてきたが、そんな気持ちが、彼の本質や諸条件におけるその他の特質を呼び起こす恐怖の念と相まって、自分がいかに弱く無力な人間であるかを実感するようになり、さらには内心、相当な抵抗感は覚えながらも、もはや彼の思うがままに身を任せてしまうしかないのではないかとすら、思うようにもなったのである。とはいえ、ここ数日のあいだ、わたしはワインを浴びるように飲むばかりであった。その錯乱的な力がわが遺伝的気質を呼び覚まし、自分で自分に抑えが利《き》かない傾向が強まっていた。わたしは不満を洩《も》らし、敵の誘いには躊躇《ちゅうちょ》し抵抗するようになった。はたして、これはただの妄想とも思われないのだが、こちらが確固たる信念を持つようになればなるほど、相手側の信念のほうは全体的に弱まってくるように見えた。いずれにせよ、いまやわたしの心には希望の炎が燃えさかり、もはや断じて奴隷《どれい》になりはしないという苦しくも命がけの決意を、密かに育《はぐく》んだものである。

やがて時は一八——年の謝肉祭の季節、場所はローマにて、わたしはナポリ公ディ・ブログリオの宮殿における仮面舞踏会に出席していた。ワイン・テーブルが所せましと用意されたパーティに、わたしはいつも以上に開放的な気分に浸りきっていた。そしてこのとき、人々でいっぱいの部屋に息がつまるような空気が漂い、わたしはいてもたってもいられなくなる。だが群衆のひしめく迷路をかきわけてもなかなか先へ進まず、そのことでもわたしはかなり苛立《いらだ》った。というのも、このときわたしが必死で探していたのは（いかなる不適切な動機からであったかは言わないでおこう）老いぼれたディ・ブログリオ公の若く陽気で美しい夫人だったのだから。あまりにも厚顔無恥なる自信をもって、彼女は事前にわたしに連絡をよこし、この晩どんな衣装をまとうかその秘密を明かしてきたのであり、だからこそいまや、彼女のすがたを一瞥《いちべつ》するやいなや、わたしはそこへまっしぐらに突き進んだのだ。――そしてまさにこの瞬間である、自分の肩に何者かの手がそっと触れ、あの忘れようもない低くいまいましい声が囁くのが聞こえたのは。

怒り心頭に発したわたしは、すぐさまこの邪魔者のほうを振り向き、襟首をひっつかんだ。案の定、彼はわたしとまったく同じ衣装に身を包んでいた。青いビロードのスペイン製マントを羽織り、腰には深紅色のベルトを締め、そこより細身の諸刃《もろは》の長剣を吊《つる》している。そして顔には黒い絹糸の仮面をつけている。

「このごろつき野郎！」怒りのあまり嗄《しわが》れ声にはなっていたが、しかしどの音節もはっきりと発音したせいか、ますます自分の怒りが燃えさかるのがわかった。「このごろつき野郎！　ペテン師！　凶悪犯め！　おまえなんかに付きまとわれたまま死んでなるものか！　もっと追いかけてみるがいいさ、そのまんまおまえを突き刺してくれる！」そう叫ぶと、わたしはされるがままになっている相手を引きずり出し、大宴会場から隣の小さな控え室へと雪崩《なだ》れ込む。

その小部屋に入るが早いか、わたしは彼を荒々しく突き放した。相手が壁のほうへよろめくうちに、わたしは悪態をつきながらドアを閉め、剣を抜くよう迫った。彼はたじろいだが、それもほんの一瞬のこと。やがて、かすかに溜息《ためいき》をつくと無言のまま剣を抜き、守りに入る。

決闘はじっさいのところ短いものだった。わたしはかつてないほどの興奮の渦に巻き込まれており、片腕の内部には大軍のものとも見まごう活力が漲《みなぎ》っていた。すぐにもわたしは全身の力をふりしぼり、彼を壁板へ押しつけ思うがままにすると、その胸めがけて猛然と剣を突き刺したのだ、何度も何度も。

まさにそのとき、誰かがドアの鍵《かぎ》を開けようとした。わたしはあわてて誰も入ってこられないようにし、すぐさま死にゆく仇敵《きゅうてき》のところへ戻る。だが、その刹那《せつな》、あの光景を目にしてしまったときの驚愕を、あの恐怖を、いかなる人間の言語が正確に表現できるだろうか？　ほんのちょっと目を逸《そ》らしていただけで、この小部屋の上方の端といちばん奥の配置には、明らかに実質的な変化が生じていた。巨大な鏡が——混乱状態のわたしには当初そのように見えたものが——どこからともなく忽然《こつぜん》と現れた。

そして、恐怖の極みのうちに近寄ると、鏡に映るわが似姿が、顔面蒼白《そうはく》にして血まみれのすがたで、わたし自身のほうへ千鳥足で向かってくるではないか。

たしかに、わたしにはそのように見えたのである。ところがじっさいのところは、そうではない。わが仇敵、ウィリアム・ウィルソンその人が、わたしの目前に立ちつくし、死の苦しみに悶えていたのであった。彼の仮面もマントも、とうに放り出されて、床に転がるばかり。その衣服のうち糸一本を取っても——その顔の独特なる輪郭のうち皺《しわ》一本を取っても——そっくりそのまま、わたし自身のものであった！

それはまごうことなくウィリアム・ウィルソンであった。けれども、彼はもはや囁《ささや》くようにはしゃべらない。したがって、彼の最後の言葉が、あたかもわたし自身が語っているかのように聞こえたとしても無理はなかった——

「おまえの勝ちだな、そしておれは負けた。しかし本日ただいまより、おまえもまた死ぬんだ——世間に対しても、天国や希望に対しても、もはやいっさい無縁だ！　けっきょくおまえはおれがいるからこそ存在したんだよ——だからおれが死ぬときには、ほらこのそっくりなすがたを見ればわかるだろう、おまえは自分で自分自身をすっぱり抹殺してしまったということさ！」

アッシャー家の崩壊

彼の心はあたかも張りつめたリュートのようだ。ひとたび触れれば、たちまち共鳴してしまう。

——ド・ベランジェ

季節は秋、日がな一日、気怠《けだる》く暗く静まりかえって、空から雲が重苦しくたれ込める中を、わたしはただひとり馬に乗り、無類なほど鬱蒼《うっそう》とした地方を旅していた。そしてとうとう、夜のとばりがあたりを包むころ、陰鬱なるアッシャー家の屋敷を目にすることになったのだった。なぜかはわからないが、その屋敷を一瞥《いちべつ》するやいなや、度し難いほど暗い気分が心に染《し》み込んだ。いま「度し難い」と言ったのは、ふつう人間の心というのは、詩的ゆえに半ば快感を覚える情緒を介在させることによって、仮に目の前に拡《ひろ》がる自然風景がどれほどひどく荒涼とし凄絶《せいぜつ》なるものであっても、たいてい受け止めることができるものだが、このときわたしが感じた気分は、そうした知的な処理をいっさい許さないたぐいに属していたからである。目の前の景色を追いかけてみよう。まずはアッシャー家の屋敷そのものがあり、その領地の輪郭自体は簡素なるものだ。しかし寒々とした壁や虚《うつ》ろなる眼にも似た窓、繁茂するカヤツリグサ、それに朽ち果てた樹木の白い幹のいくつかに視線を移していくと、えもいわれぬほどに魂が沈み込んでいくのがわかるのだ。この絶望感を何かしら五感の領域で説明するのはできない相談であり、それこそ阿片《あへん》幻想から醒《さ》めたあとの気分にでもたとえるしかない。それは、あたかも日常世界へと落ち込んでいく感覚であり、禁断のベールがおぞましくも剝《は》ぎ取られたときの感覚に等しい。心は凍りつくばかりか沈み込み、病み衰えるばかりで、やるせない思いを晴らそうと、いかに尖端《せんたん》的な想像力でつつきまわしても、崇高には及びもつかない。いったいこの気分は何だ、とわたしは立ち止まって考える。アッシャー家の屋敷のことを考えるほどにやりきれなくなるこの気分は何なのだ？　それは、いかなる手立てによろうとも解き明かせない謎《なぞ》。そればかりか、考え込むうちに押し寄せてくるまぼろしのごとき想念すらも、摑《つか》みきれないときている。しかたなく、わたしは不満足ながら、こんな結論に辿《たど》り着いた。ごくごくふつうの自然界の事物が組み合わさって人間を感化する力を発揮することがあるのは当然としても、それでもなお、まさにその感化力を分析しようとするのは人智《じんち》の及ばぬところだ、ということだ。そこでわたしは考えた、たとえば風景の構成要素を、絵の細部をいまとはちがったふうに組み替えるだけで、陰々滅々たる印象を醸《かも》し出している条件自体を修正し、おそらくは粉砕してしまうことさえ可能ではないのか？　わたしは馬の手綱を操ると、屋敷のかたわらで波一つたてずに黒々と輝く沼のぎりぎりの淵《ふち》にまで飛ばし、これまでにない戦慄《せんりつ》にかられて身震いしながら、まじまじと見下ろしたのだった――沼に映る、組み替えられ上下あべこべになった灰色のカヤツリグサを、おぞましい木の幹を、そして虚ろにして生きものの眼とも見まごう窓を。

にもかかわらず、この陰鬱なる豪邸にわたしは数週間は滞在するつもりでいた。屋敷の持ち主であるロデリック・アッシャーは少年時代の親友のひとりだったが、最後に会ってからもう何年も連絡が途切れていた。ところがつい最近になって、同じ地方とはいえ遠く離れたわたしのところに、はるばる一通の手紙が――ほかならぬロデリックからの手紙が――届いたのである。それはひどく切迫したようすのもので、直接出向いて返事をするしかない。手紙の文章は明らかに神経錯乱の症状を示していた。そこでロデリックが語っていたのは、肉体上の病が深刻であること、精神障害に押しつぶされそうになっていること、そして彼の最大の親友であるとともに唯一《ゆいいつ》の友であったわたしに会いたくてたまらないこと、そうすることで楽しい友人関係を甦《よみがえ》らせ、病をいくぶん癒《いや》したいことなどであった。これらの話題を、そしてさらなる話題を彼はこんなふうに切々と語り、その求めにはあからさまな心情がこもっていたため、こちらとしてもいささかの躊躇《ためらい》も許されない。かくしてわたしは、ただちにこのじつに奇妙な呼び出しに応《こた》えることにしたのだった。

少年時代にはたしかに親友同士だったとはいえ、ほんとうのところ、わが友についてはほとんど知らない。ロデリックの寡黙《かもく》なことといったらいつも常軌を逸するほどで、生来のものであった。しかしわたしは、彼の先祖が、時代がいつであったかは失念したものの、特殊な気質の感受性によって著名であり、その一端が長年にわたって織り紡《つむ》がれた高貴なる芸術作品のうちに認められること、そして最近では同じ感受性が音楽理論に対する、それも正統的でわかりやすい美学をもつたぐいではなく、複雑怪奇なる音楽理論に対する圧倒的な情熱のうちに、そして惜しみなくも慎み深い慈善事業の数々のうちに発揮されていることは知っていた。わたしはまた、アッシャー一族の家系というのが、由緒《ゆいしょ》正しいとはいえ、そこから分家が出て長く続いたためしがないという重大なる事実も知っていた。つまり、アッシャー家の一族全体が直系の血統で貫かれており、多少の分家が出たとしてもたいていわずかでしかなく、それも長続きすることは決してなかったのである。まさにこの欠陥のせいではあるまいか、とわたしは考えた——この屋敷のもつ性格と一族特有とされる性格とが何とぴったり一致しているのだろうかと見比べながら、そして、何世紀も何世紀もかけて、屋敷のほうが一族のほうへ影響を及ぼすようになった可能性もあるのではないかと思索をめぐらせながら。そう、まさにこの傍系が生じないという欠陥と、そのあげくアッシャーの名を抱く家督が父から息子へとまっすぐに継承されるしかなかったという歴史とが作用して、屋敷と一族の両者を同一化してしまい、領地のもともとの名称を、「アッシャー家」という奇妙にして曖昧《あいまい》なる呼称、すなわちそう呼んでいる地元農民にしてみればアッシャー一族と文字どおりのアッシャー屋敷の双方を同時に指すかのように響く呼称のうちに、融合してしまったのである。

すでに述べたように、いささか子供っぽい試みとは感じながらも、沼の内側を見下ろしてみて、けっきょく最初の奇妙な印象が深まるばかりであった。わが迷妄がますます増大していくのをひとたび意識してしまうと――「迷妄」というよりほかに表現しようがないのだ――まさにその増大感覚自体が抑えようもなくふくれあがるばかり。これこそは恐怖にもとづくありとあらゆる情緒の逆説的な法則であることは、永く熟知するところだ。そして、まさしくこうした理由のために、わたしが沼に映る屋敷の映像から実際の屋敷自体へ視線を移し見上げたとき、心のうちにおかしな空想が頭をもたげてきたのだ。じつにばかばかしい空想もないので、これにふれれば、わたしにのしかかっていた感情がいかに強烈な猛威をふるっていたかがわかるであろう。わたしは想像力の翼を拡げるあまり、この屋敷全体と領地のまわりに、それらと近隣地域特有の雰囲気が漂っているものと信じ込むようになっていた。その雰囲気は天の国のものとはいささかも似つかぬものの、朽ち果てた樹木から、灰色の壁から、そして物言わぬ沼からにじみ出てくる空気、危険で怪しげなガスにも似て、物憂《ものう》く淀《よど》み、かろうじて気がつく程度の、鈍色《にびいろ》の空気であった。

夢としか思われない想念を心から振りはらうと、わたしはアッシャー家の具体的な相貌《そうぼう》をくまなく観察した。この屋敷でいちばん目立つのは、あまりに古色蒼然としていることだろう。悠久の時を経て、すっかり色あせたその姿。微小なるカビが外壁全体にはびこり、薄暗い窪《くぼ》みから巧妙なる蜘蛛《くも》の巣のように垂れ下がっている。だが、これでもまだ荒廃をきわめているとはいえない。石造建築のどの部分も崩れてはいなかった。とはいえ、部分の配置はいまもなお完璧《かんぺき》であるにもかかわらず、ひとつひとつの石の状態はぼろぼろで、ひどくバランスを欠いているように見える。まさにその点で強烈に思い起こしたのが、忘れられた地下室の内部で長年外気にふれることなく腐敗しながらも、その外見は完全な木工細工だった。もっとも、これだけ全面的な崩壊の兆《きざし》があるというのに、構造自体には危なげがない。おそらくは、じっくりと観察してみてようやく、一本のかすかな裂け目がジグザグ状に、建物正面の屋根から下へと壁づたいに走っており、その尖端はといえば陰鬱なる沼のさなかへと飲み込まれているのがわかる程度だ。

　以上の光景を観察しながら、わたしは短い土手道沿いに屋敷をめざす。待ち構えていた召使いが馬を引き取ってくれて、いよいよゴシック型アーチのかかる玄関から中へ入る。ひそやかに寄ってきた従者の静かな案内に従い、暗く入り組んだ回廊をいくつもいくつも通り抜け、屋敷の主《あるじ》の書斎へ向かう。その途上、出くわしたものたちはみな、どういうわけか、先に語った曖昧なる情緒をますます掻《か》き立ててやまなかった。わたしの行く手を取り巻くのは、たとえば彫刻の施された天井であり、壁にかかる厳粛なるタペストリーであり、漆黒の床であり、世にも奇怪なる図案の紋章が躍り、歩くそばからかちゃかちゃ音をたてるトロフィーであり、それらはみな、幼年期からおなじみのものたちにすぎなかったが――これらすべてがいかにおなじみのものであるかを認めないわけにはいかなかったが――なおもわたしは、おなじみのイメージの一群がいとも奇々怪々な妄想を掻き立てていくことに、驚きを隠せない。とある階段にさしかかったとき、わたしはアッシャー家の主治医と出会った。その表情にはいくばくかの狡智《こうち》とともに狼狽《ろうばい》が入り交じっているかのようであった。その動揺が伝わってきたかと思うと、行ってしまった。まさにそのとき、従者はひとつの部屋の扉を開けるとわたしを招じ入れ、屋敷の主人へ引き合わせた。

　その部屋はたいそう広いばかりか天井が高かった。窓はみな長細く先細りで、黒いオーク製の床からはずいぶんかけ離れた上方に位置しているため、部屋の内部からは近寄りがたい。かすかなる赤い光が格子《こうし》状の窓枠沿いにきらめき、周囲の家具調度品のすがたかたちをくっきりと映し出す。とはいえ、いかに部屋のすみずみまで、雷文模様の丸天井の奥の奥までをみきわめようとしても、不可能なのだ。黒々とした緞《どん》帳《ちょう》が壁にかかり、あたりの家具はぜいたくなのにわびしく、古美術的なのに擦り切れている。おびただしい書物と楽器が散乱してはいるものの、それによって部屋が活気づくわけではない。漂うのは悲嘆の空気。痛ましくも深く、しかも癒しがたいほどの陰鬱なる気分が、あたりすべてに垂れ込め染み渡っていた。

足を踏み入れるやいなや、ロデリック・アッシャーはこれまでずっと寝そべっていたソファから起きあがり、ずいぶん大げさではないかと思われるほどに真摯《しんし》な面持ちで、じつに温かく迎え入れてくれた。倦怠感《けんたいかん》に満ちた俗人が気力をふりしぼった結果なのであろうか。だが友の表情を一目見やって、わたしはそれが誠心誠意のあいさつであったことを確信した。ふたりとも椅子《いす》に腰掛ける。そしてしばらくのあいだ、彼のほうは一言も口にせず、わたしはといえば半ば憐憫《れんびん》の情とともに、半ば畏怖《いふ》の念とともに、この旧友を見詰めていた。誓って言うが、かくも短期間にかくも激変を遂げた男は、ロデリック・アッシャーただひとりだ！　たったいま目の前にいるこの顔面蒼白なる男が幼なじみと同一人物であるとは、にわかには信じがたい。だが、その顔の特徴は、むかしと変わらず堂々たるものだった。青ざめた表情、誰よりも大きく潤《うる》んで知的に輝く瞳《ひとみ》、いくぶん薄くて青白く、しかし優美なまでの曲線を描く唇、繊細でヘブライ風の鼻と他に類例のないほどきれいにそろった鼻孔、芸術的ともいえる造型ながら、突き出たところがないのは心理的エネルギーの欠如を示す顎《あご》、蜘蛛の糸をしのぐほど柔らかくて細い髪——こうした特徴に加え、こめかみより上の部分が尋常ならざるほど広く、忘れがたい表情をかたちづくっていた。そしていま、こうした顔の特徴の一般的性格を、そしてそこに表れる表情をいささか誇張して伝えたけれども、じつはそこにこそとんでもない変化が生じていて、わたしはいま自分の相手が誰であるかをいぶかしんだほどである。わけても、いまや死人のごとき白い肌と不可思議な輝きを放つ瞳を見るにつけ、わたしは驚き畏《おそ》れるばかりであった。絹にも似た髪の毛もまた手入れのないまま、もともと遊糸状にできているため伸び放題で、顔の上に垂れ下がるというよりは浮かんでいるといった風情《ふぜい》。そのアラベスクな雰囲気は、旧来の人類文明の概念では説明しきれない。

わが友のふるまいでたちまち衝撃を受けたのは、そこにどうにも首尾一貫していないところ、うまく辻褄《つじつま》の合っていないところがあったことだ。そしてわたしはすぐにも、彼が習慣的な身体《からだ》の震えを——過剰なる神経錯乱を——何とかして抑えようと、微力を尽くすも効を奏していないためであるのに気がついた。とはいえ、この程度のことなら、わざわざ書簡を受け取るまでもなく、幼年時代の記憶をたぐってみれば、そしてロデリック特有の身体的特徴や気質から逆算してみれば、容易に察しのつくことであった。彼の動きは活気を呈したかと思うと陰気にふさぎ込んでしまう、そのくりかえしなのである。その声にしても、ぶるぶる震えてよく聞き取れないと思ったら（彼の動物精気が一時的に活動停止状態へ陥ってしまったのだろう）すぐにも切り替わり、あの力強くはっきりとした声へと転じていく——あの唐突ながら重厚で慎重で心ここにあらずといった声、それもどこか単調ながら絶妙なる均衡を保ち完璧なる音調に合わせた声。それは酒か阿片で前後不覚に陥った人間がとびきりの高揚状態に達したときにしか聞かれぬ喋《しゃべ》り方であったろう。

かくしてロデリックは、わたしを屋敷へ招いたのはいったいなぜか、いかに再会を待ち望んでいたか、そのことでいかなる安らぎが得られるかを語った。やがて話題は、彼が自らの病の本質と見なす兆候へと移る。彼によれば、この病は生まれつきで、アッシャー一族特有の悪疫《あくえき》であり治療の施しようがないという。そして、すぐにも付言するところでは、それはひとつの神経疾患であって、発作が起きてもじきになりをひそめるのは疑いない、とも。この病にかかると、無数の自然ならざる感覚に囚《とら》われるらしい。彼が詳述するのを聞いているうちに、興味深くも驚愕《きょうがく》すべき兆候があるのを知った。もっとも、そう感じたのは彼の話に出てくる特殊用語や、まさにその話しぶりそのもののせいであったろう。ロデリックはこの病のせいで五感が異常に研ぎ澄まされてしまったという。まず、極端に薄味のものしか食べられず一定の繊維の服しかまとうことはできないし、花の香りは何を嗅《か》いでも押しつぶされそうな気分になるばかり、わずかな光を浴びるだけでも眼を痛めてしまう。そして特殊な響きを耳にするときだけ、それも弦楽器の音色を聴くときだけが、恐怖を感じないですむ瞬間なのである。

ロデリックは異常なまでの恐怖に組み敷かれた奴隷《どれい》であった。「ぼくはもう死ぬんだ」と彼は呟《つぶや》く。「この悲劇の館《やかた》で死んでいくんだ。それ以外の死に方はない。将来の出来事については、出来事そのものよりも、そこからどんな結果がもたらされるか、そのほうが怖《おそ》ろしい。どんなにつまらない事件であっても考えるだけで悪寒《おかん》に襲われるんだよ、ただでさえ魂がひどくかき乱されているのに、その症状がますます悪化するような気がして。危機が訪れようとも決して怖くはない、ただそれが絶対的にもたらす効果が、恐怖そのものが怖い。これほどに消耗しきった状態、悲嘆すべき状態に陥ったことで、遅かれ早かれ、このおぞましき『恐怖』という名の妖怪《ようかい》との戦いに敗れ、人生も理性も失ってしまうだろう」

その後、さらに断片的にして謎《なぞ》めいた啓示を得ることで、ロデリックの精神状態からは、もうひとつ特異なる兆候が浮かび上がった。というのも、彼を呪縛《じゅばく》していた迷妄は自らの暮らす屋敷について、そこから彼があえて抜け出すことすらできないこの建物そのものについてのものであったからだ。しかもその迷妄はけっきょく、その効用を表現しようとするとあまりに曖昧模糊《あいまいもこ》とした言葉になるため理論化しえないたぐいの感化力をめぐるものであった。すなわち、彼の説くところに従うなら、アッシャー一族の屋敷が備える外観と実体そのものの持つ特質が、寄る年波で老朽化をきわめるうちに、いつしかひとつの感化力を備えるに至り、彼の心に作用をもたらすようになった。すなわち屋敷の灰色の壁や小塔、そしてそれらの真下に来る陰鬱《いんうつ》なる沼などのすがたかたちそのものが一定の力をふるい、彼の存在を支える心の部分を左右するようになった、という。

もっとも彼は、いささかためらいがちにではあるが、このように自分を苦しめてやまぬ特異なる陰鬱の気分の要因を探るなら、はるかに自然でわかりやすい淵源《えんげん》に——深刻にして長患《ながわずら》いの病に——さかのぼることができることを、認めていた。具体的には、ロデリックの愛してやまぬ、長年連れ添った唯一《ゆいいつ》の伴侶《はんりょ》たる妹、この世で最後にして唯一の血を分けた親族が、いままさに死の間際《まぎわ》にいることが淵源だった。ロデリックは忘れ難いほどの痛切なる調子で、こう語ったものである。「妹が病にかかったおかげで、けっきょくぼくが（いっさいの希望を絶たれ衰弱をきわめているこのぼくのほうが）長い歴史をもつアッシャー一族の最後のひとりになるんだ」そうロデリックが語るかたわらを、まさにその妹、通称マデライン姫が、同じ部屋の中でもわれわれからはずいぶん離れた片隅をゆっくりと通り過ぎ、こちらに気づくことなく消えていった。わたしは彼女をいささか恐怖が混じっていないとはいえない驚愕の念をもって見詰めたが、けっきょくのところ、そうした感情は説明不可能だと気がついた。彼女が立ち退《の》いていく足取りを追いながらも、どこか麻痺《まひ》したような感覚に襲われていたのだ。とうとう彼女が出て行って扉も閉まったとき、わたしは本能的に、かつ切実に兄ロデリックの表情をうかがったが、しかし彼はといえば、両手で顔を覆うばかり。このときわたしが眼にすることができたのは、彼の痩《や》せ衰えた指がすべて、死者をも彷彿《ほうふつ》とさせるほどに青白く、まさにそのはざまより、滂沱《ぼうだ》の涙が滴《したた》り落ちる光景であった。

マデライン姫の病は主治医が長年医術の限りを尽くしてはきたものの、治る見込みはない。感情が殺《そ》がれてしまったばかりか、その人格も徐々に擦り切れていき、瞬間的なものではあるとはいえ頻繁に強硬症めいた発作に見舞われるというのがそのめずらしい症状だった。これまでのところ彼女はけんめいに病魔に抗《あらが》い、決して寝込むことはなかったが、わたしがここへ到着した日の晩も遅くに、（兄ロデリックがその晩、言いしれぬほど動揺しながら語ったところによれば）彼女はとうとう死神の圧倒的な力に屈することとなった。わたしが一目見たときのマデラインというのは、おそらく彼女の最後の姿であり、以後はもはや、生きた姿で相まみえることはないだろう。

続く数日間というもの、ロデリックもわたしも、マデラインの名を口にすることはなかった。その期間にわたしが忙殺されていたのは、友の憂鬱症を癒《いや》すことであった。ふたりで絵を描いたり読書したりしたのである。あるいは、夢うつつのうちに、彼の物言うギターの幻想的な即興演奏に耳を傾けた。このようにしてますます親しくなったため、わたしは気兼ねなしにロデリックの心の奥へと入り込むようになった。しかし、そうこうするうちにますます痛感するようになったのは、彼の抱くような心を奮い立たせようとしても、いっさいの試みは無駄に終わらざるを得ないということだ。というのも、その心からは漆黒の闇《やみ》が、あたかも内在的にして絶対的な特質であるかのごとく、心理的・物理的宇宙に存在するありとあらゆる物体へと降り注ぎ、陰鬱なる気分を四方八方へと拡散させて止《や》むことがないのだから。

アッシャー家の主とはふたりきりで少なからぬ時間を神妙に過ごしたことを決して忘れることはないだろう。とはいえ、彼との研究や仕事がどんなふうであったか、どんなかたちでわたしを巻き込んでいったか、あるいは誘導していったかについては、はっきりと伝えようにもできない相談だ。何しろあたり一面を、高揚した病的なる想像力が地獄の業火《ごうか》のごとく照らし出していたのだ。彼が長々と即興的に奏《かな》でる挽歌《ばんか》が耳に響いて離れない。わけても、痛ましいほどの印象が残っているのは、フォン・ウェーバー最後のワルツの幻想的なメロディを奇妙にひねって編曲しては誇張してみせたときのことである。彼が妄想たくましくして描き続けた一連の絵画からは——一刷《は》毛《け》ごとに謎めいたものとなり観《み》る者がいっそう怖気《おぞけ》をふるう絵画、それもなぜおぞましいのかわからないからこそ震えが来るたぐいの絵画からは（たったいま眼に浮かぶようでじつに躍動的だ）——文章の範疇《はんちゅう》で表現できるほんの一部分以上のものを表現しようとしても、無理であった。ことごとく簡潔明快で、意匠を剝《む》き出しにした作品により、彼は観客を魅了し圧倒した。観念を絵にできる人間がいるとしたら、ロデリック・アッシャーをおいてない。少なくともわたしにとっては——そのとき自分を取り巻いていた環境においてーーこの憂鬱症患者がキャンヴァスに繰り広げようと工夫した純粋なる抽象概念のうちより、強烈なほど圧倒的な畏怖の念がわきおこったのだ。わたしはこれまで、そのような抽象概念の影すら、たとえばスイス生まれの画家ヘンリー・フューズリ（一七四一―一八二五年）の手になる、まぎれもなく強烈だがあまりに具象的な夢想に思いを馳《は》せるときでさえ感じたことはない。

ここでわが友の怪奇幻想風の構想のひとつについてなら、さほど抽象精神をしっかりとまとっているわけではないため、たとえ微《かす》かにでも、書き留めておけるだろう。そのちいさな絵に描かれているのは、とてつもなく長くて長方形型の洞窟《どうくつ》ないしトンネルの内部であり、その壁はみな低くなめらかで純白で、途中に割り込みや仕掛けが介在する余地などない。この構想の補助線に従うなら、いまいる洞窟というのが地球の表面から怖ろしく下ったところにあるのが判明しよう。その広大なる空間のどこにも出口は見当たらず、松明《たいまつ》もなければ、たとえ人工であれ光源すら存在しない。しかし強烈なる光の洪水が一面に流れ込み、その空間全体をおぞましくもふさわしからぬ光輝で包み込んでいた。

わたしはちょうどいま、聴き手の聴覚神経の状態が病的であるため、音楽という音楽が耐え難いものと聞こえてしまうこと、ただし弦楽器の一定効果については別の話であることについて語った。おそらくは、このじつに狭い限定領域こそは、ロデリックがギターを弾きながら自分で自分を幽閉している空間なのであり、まさにその空間があるからこそ、ロデリックの演奏はおおむね幻想的性格を帯びるに至っているのである。だがその即興がいかに熱情的かという点はそのようには説明しえない。彼の奇怪なる幻想曲の歌詞とともに曲調に聞き耳をたててみると（というのもロデリックは韻を踏んだ詩を自由自在に繰り出していくことが少なくなかったからだが）、その即興演奏は、精神が平静と緊張の双方を激しく往復しているからこそ紡《つむ》ぎ出されているにちがいないこと、じっさいにそうであることがわかる。こうしたロデリックの精神運動については、すでに述べたとおり、芸術的興奮が高まるだけ高まった特定の瞬間にのみ認められるものだ。彼の歌った狂詩曲のひとつなど、歌詞を思い出すのは簡単。たぶんわたしは彼がその曲を歌ったとき、いちだんと強烈な印象を受けたのだろう。というのも、そこには意味の底流、いわば神秘の水脈がうかがわれたため、わたしはこのとき初めて、彼の崇高なる理性が玉座より失墜しかねないのを、アッシャー自身きちんと意識しているのだとわかったように思ったのであった。その詩というのは「魔の宮殿」と題されており、正確とはいえずとも、おおむねこんなふうに展開していたはずである。

Ⅰ

やさしい天使たちの住む
青々としたわたしたちの谷間には、
かつて美しくも荘厳《そうごん》なる宮殿が――
燃えるように輝き――高くそびえていた。
思想という名の君主が治めるこの国に
堂々と建っていたのだ！
だが熾天使《してんし》でさえこれまでその翼を拡げた宮殿は、
この半ばほども美しくはない。

Ⅱ

黄色い旗、栄光の旗、黄金の旗が
宮殿の屋上から流れるようにはためく
（こんな風景も――こんな風景のすべては――
古き良き時代の一コマにすぎない）
そしてやさしい空気はすべて

あの甘美なる時代にふんわり漂い、
羽毛で装い蒼白《そうはく》なる城壁沿いに
芳香はどこかへ飛び去ってしまった。

Ⅲ

かの幸福なる谷間をさまよう者たちは
ふたつのきらめく窓ごしに
精霊たちがリュートの
絶妙に調律された音律に合わせて
音楽的にふるまい、玉座のまわりを舞い踊る。
そこに（紫の衣装で！）
その栄光にふさわしく堂々と腰掛けるのは、
この領地を統《す》べる者だ。

Ⅳ

いたるところ真珠や紅玉で飾られているのは

壮麗なまでの宮殿の扉
そこからつぎつぎと雪崩《なだ》れ込み、
とめどなく迸《ほとばし》るのは
森の妖精エコーたちの軍団
その華麗なる職務といえば、
美神にも優《まさ》る美声を活《い》かし
王の機知と智恵《ちえ》とを誉《ほ》め歌うことだけ。

V
だが邪悪なる者たちが、悲嘆の衣装をまといながらも、
王の高貴なる領土を襲ったのだ
(ああ嘆かわしいではないか、もはや王が再び眼をさますことなく
朽ち果ててしまったとは！)
そして王の住《す》み処《か》のまわりでは、
かつてこそ華麗に絶頂をきわめた栄光も
いまではとうに葬《ほうむ》られてしまった古き時代をめぐる話にすぎず、

それを語ろうにも記憶のほうがおぼつかない。

Ⅵ

そしていま、この谷間に足を踏み入れた旅人たちは、
煌々《こうこう》と輝くふたつの窓の向こうで
巨大な影たちが不調和なるメロディに合わせて
幻想的に躍るのを認めた。
いっぽうでは、川の凄《すさ》まじい急流のごとく、
蒼白なる扉からは
おぞましき一団が途切れることなく湧《わ》きだして、
しかも呵々《かか》大笑していくのだ——もはや微笑《ほほえ》むことはないにせよ。

わたしがよく覚えているのは、このバラッドをきっかけにしてつかむことになった一連の思考形態において、アッシャーのものの見方がはっきりしてきたのだが、そのときわかった特徴は新奇さというよりも(なぜなら、彼でなくともこんなふうに考える人間はいるだろうから)、むしろこうした思考形態を支えている粘り強さのほうで

あった。彼のものの見方はおおむね、ありとあらゆる植物には知性が宿っているということに尽きる。だが、彼の妄想が錯乱してくると、この発想はますます大胆なものと化し、ある種の条件が整うと、無機物の王国にまで触手を伸ばすのだ。その全体像について、もしくは融通無碍《むげ》なる信念について、どう表現していいのかわからない。しかし彼の信念が、すでに示唆《しさ》したとおり、アッシャー一族代々の屋敷を支える灰色の石そのものと関わっているのはたしかである。そうした知性が生まれてくる条件は、ロデリックの想像たくましくするところでは、石がどういう具合に配列されているかという点にかかっていた——全体にはびこるおびただしい黴《かび》や周囲にそびえる朽ち果てた樹木と同じく、こうした石の一群もまたいかなる秩序を築いているか、それが肝心なのだ。わけても、そうした配列がどれだけ長く妨害されることなく持ちこたえてきたか、そして沼の静謐《せいひつ》なる水に反映していかに増殖を遂げてきたか、ということが。彼が言うには（それを聞いて心底驚いたのだが）、こうした知性が実在するという証拠は沼の水や屋敷の壁を取り巻く大気が徐々に、しかし確実に濃密なものとなっていることからも一目瞭然《いちもくりようぜん》。さらに続けて、そのあげくどんなことが起こったのかを知るには、何世紀もの長きにわたってアッシャー一族の運命を形成してきた、あの密《ひそ》やかにして悩ましく怖《おそ》ろしい感化力を見ればよい、あの感化力こそはいまわたしの眼の前にいるロデリック・アッシャーを、彼自身の本質を造りあげたものなのだ、とも。こうしたものの見方には何も注釈する必要はない。だからわたしも無言のままであった。

書斎を取り巻く本はみな、それこそ長い歳月をかけて、この病める友人の精神世界の少なからぬ部分を形成してきたものであったが、それらが幻想性の強いものであることは察しがついた。わたしたちはそこでおびただしい本を読み耽《ふけ》った。ジャン・バティスト・ルイ・グレッセの名詩「ヴェール・ヴェール」や「シャルトルーズ」に始まり、ニコロ・マキャヴェリの『大魔王ベルフェゴール』、エマヌエル・スウェーデンボルグの『天国と地獄』、ルードビッヒ・ホルベアの『ニコラス・クリムの地底旅行』、ロバート・フラッドやジャン・ダンダジネ、それにド・ラ・シャンブルの『手相見』、ルートヴィヒ・ティークの『青い彼方《かなた》への旅』、それにイオマッソ・カンパネッラの『太陽の都』に至るまで。とくにふたりが夢中になったのはドミニコ会のエイメリック・ド・ジロンヌによる八ツ折判の『異端審問記録』であった。またポンポニウス・メラの地理概説書のうちには古《いにしえ》のアフリカに住む半人半獣の酒神サテリュロスや半ば山羊《やぎ》に似た森の神アイギパーンのすがたを表す記述があり、それを読んでロデリック・アッシャーは何時間も夢みるようなようすだった。もっとも彼が何より欣喜《きんき》雀躍《じゃくやく》したのは、四ツ折判でゴシック体のとてつもない稀覯本《きこうぼん》を熟読しているときであった。その本は忘れられた教会の祈禱書《きとうしょ》であり、『マインツ教会合唱団による死者のための通夜』と題されていた。

とりわけ最後に挙げた書物の説く儀礼について、それがこのロデリック・アッシャーという憂鬱病《ゆううつびょう》患者におよぼしたと思われる作用について考えざるをえなくなったのは、彼がある晩、マデライン姫がもはやこの世の人ではないことを知らせるとともに、その屍《しかばね》を二週間ほど（最終的な埋葬をするまでのあいだ）この屋敷の中にある無数の地下室のひとつに保存しておくつもりだと明かしたときである。かくも奇妙な手続きを取ることになった表向きの理由については、とやかく言える筋合いはない。彼女の兄ロデリックがこうした決断を下すに至ったのは、彼自身の言い分によれば、故人の病に常軌を逸したところがあること、担当医たちがいささか度を過ぎた熱烈なる医学的好奇心を示していること、そしてアッシャー一族の墓地というのが辺鄙《へんぴ》な場所にあるうえに野ざらしになっていることなどを考慮した結果らしい。ここで正直に言うが、わたしは、屋敷に到着したあの日、階段のところで出くわしたアッシャー家の主治医がいかにも凶悪な表情を見せたのを思い出し、せいぜい無害でしかないかもしれないが、しかし断じて不自然とは言い切れない警戒心を覚えたことを否定できなかった。

アッシャーの求めに応じ、わたしは彼がマデラインを一時的に埋葬する準備を、何くれとなく手伝った。亡骸《なきがら》を棺《ひつぎ》に収めると、ふたりだけでそれを安置した。棺を置いた地下室は（ずいぶん長いあいだ開かずの間だったせいか空気が重苦しく、手に携えた松明も消えかけてしまい、その場所をじっくり探るわけにはいかなかった）、狭いうえにじめじめしており、どこからも光が入ってこない。そこはちょうど、屋敷のうちでもわたしにあてがわれた寝室を含む部分の真下の奥深くに位置している。はるかなむかし、封建時代には地下牢《ろう》における最悪の目的のために用いられ、それからさらにのちの時代には火薬やそれに類する可燃性の高い破壊兵器の貯蔵庫として使われた風情《ふぜい》であるのは、その床をはじめ、わたしたちがそこへ行くのに通っていった長いアーチ道が、じつに注意深く銅で覆《おお》ってあったためである。がっしりとした鉄製の扉もまた、同様に補強されていた。そのとてつもない重量のためか、蝶番《ちょうつがい》が廻って扉が開閉されると、きしむ音がひどくて神経にこたえる。

この恐怖の部屋へ入り、悲劇の重荷を架台に置くと、ふたりはまだネジをはめこんでいない棺のふたを外し、亡《な》き娘の顔を見詰めた。このときわたしは、アッシャー兄妹《きょうだい》が瓜《うり》二つなのに気づく。おそらくはそれを読み取ったのだろう、アッシャーがひとことふたこと耳打ちしたところでは、アッシャー兄妹はもともと双子として生まれ、そして双方がたえず理性では測りがたいたぐいの共感を覚えてきたという。とはいえ、わたしたちはさほど長く見詰めていたわけではない——というのも、そのすがたには畏怖《いふ》するしかなかったからだ。この若さで彼女を死へ追いやった業病《ごうびょう》は、強硬症気味の病では常であるが、故人はその胸と頰にかすかな赤みにも似た色彩を残すばかりか、その唇にはどことなく怪しげな笑みを漂わせ、凄絶《せいぜつ》なる最期《さいご》を偲《しの》ばせた。われわれは棺の蓋《ふた》を戻すとネジをはめこみ、鋼鉄の扉がしっかり閉まったのを見届けると、弔鐘を鳴らしながら、陰鬱なることではひけを取らぬ屋敷の上階へと昇って行った。

そしていま、悲嘆に明け暮れる日々をすごしたのちに、わが友の精神錯乱にもはっきりとした変化が表れている。それまでのようすとはまるっきりちがう。かつての暮らし方をかえりみなくなったのか、それとも忘れ去ってしまったのか。彼は部屋から部屋へと急ぎ足で歩き回るのだが、しかしその足取りはふぞろいなばかりか、目的があるようにも思われない。その蒼白なる表情ときたら、そんなことが可能かどうかわからないが、ますますおぞましい色合いを帯びていたが、とはいえその瞳《ひとみ》の輝きのほうはといえば、影も形もなかった。喋《しゃべ》らせてみても、かつてなら時たまハスキーな調子であったのが、いまや気配もない。あまりの恐怖感から来るのか、ぶるぶる震える調子で語るようになっている。時折わたしは、この止《や》むことなく錯乱せる知性は、とてつもない秘密を抱えて苦悩しているのではないか、その秘密を何とか明かすのに必要な勇気をふりしぼっているのではないかと思うこともあった。また時としてわたしは、こうしたアッシャーの行状はすべて狂気のなせる奇行にすぎないのだと確信することもあった。というのも、彼が何時間も何時間も虚空《こくう》を凝視し、あたかも架空の物音に耳を傾けるかのごとく集中力を研ぎ澄ましているのを見受けたからである。当然ながら、わたしはそんな彼のすがたに怖気《おぞけ》を振るうとともに感化されてしまった。アッシャーの幻想的にして強烈な迷妄の凄まじい感化力が、ゆるやかながらもたしかな足取りで、自身にもからみついてくるのを感じていた。

マデライン姫を元地下牢に埋葬してから七日か八日ほど経《た》った夜更《よふ》けのこと、床につくやいなやのことだった、わたしがあの感じに一挙に捕らえられたのは。時間がどんどん過ぎていくのに、睡魔が一向に襲ってこない。わたしは神経質な気分が圧迫してくるのを何とか食い止めようとした。そして、全部が全部そうではないとしても、こうした現象の大半は室内の陰鬱なる家具調度が奇怪なる感化力をふるっているためではないか、と信じこもうとした。というのも、漆黒の擦り切れた緞帳《どんちょう》が迫り来る嵐《あらし》の息吹《いぶき》でもだえ、断続的に壁に叩《たた》きつけるばかりか、ベッドの装飾部分のあたりで不穏な衣擦《きぬず》れの音をさせていたからだ。しかし、わたしの必死の努力も無駄に終わった。

全身が抗《あらが》いがたく震えだし、やがてとうとう、わたしの心にはまったくもって不条理な警戒心がどっかりと腰を下ろす。喘《あえ》ぎながらけんめいにその警戒心をふりはらい、枕《まくら》から身を起こし、寝室の深い暗闇《くらやみ》のなかで目を凝らすと、そのとき聞こえてきたのだ——なぜかはわからない、何らかの直感力が働いたのかもしれない——低くくぐもった響きがどこからともなく、しばしば嵐にさえぎられながら、長い間隔をおいて、くりかえしくりかえし。名状しがたく耐えきれないほどの強烈な恐怖の感情に押し流され、あわてて服を着ると(その晩は一睡もできないだろうと確信したのだ)、自らが陥った絶望的な状況から抜け出すべく、部屋中をあわただしく歩き回った。

しばらくそんなふうにしていたところ、隣接する階段から軽い足取りが聞こえる。アッシャーの足音だ、とすぐにわかった。その直後、彼は落ち着いた調子でわたしの寝室の扉をノックし、ランプを携えて入ってきた。その表情はあいかわらず死人のように青ざめていたが、さらにこんどは、その眼に狂気のあまり高揚しきった気配が表れていた——彼の様子全体からヒステリー症状を抑え込んでいるのが見て取れたのだ。その雰囲気にはたじろいだが、しかしこれまで耐え抜いた孤独に勝るものではない。そう考えたわたしは、ひとつの気休めにでもなろうかと、アッシャーを歓迎した。

「それで君はあれを見てはいないのだね?」と唐突に言われて、わたしはしばし黙ったままアッシャーをまじまじと見詰めていたが、さらに彼は続けた。「君はあれを見てはいないのだね？——いや、じっとしていろ！　じきに見えるから！」そう命じて、注意深くランプに笠《かさ》を付けると、彼は開き窓のところへ急ぎ、嵐に向けて開け放った。

猛然たる疾風が室内へ吹き込み、わたしたちはあたかも宙に浮くかと思ったほどである。それはじっさい、嵐のうちにも荒涼たる美をたたえた一夜、恐怖と美を兼ね備えた奇妙なうえにも奇妙な一夜であった。旋風がすぐそこまで来て、ますます力を増しているのがわかる。というのも、旋風の吹く方向がしきりに、荒々しいほどに変更をくりかえしていたからだ。そして無数の雲が折り重なり超過密状態をきたしていたものの（あまりに低く垂れ込め屋敷の小塔にのしかからんばかりであった）、にもかかわらずそれぞれの雲が具体的にどれだけの速度で流動し、お互いを引き離そうとしながらなおも付かず離れず蠢《うごめ》いている様子を観察するのに、何の支障もない。そう、雲が超過密状態でも、それ自体の観察に支障はない——だが月も星も、稲光ひとつ見ることはできない。その代わり、この巨大にして不穏なる水蒸気のかたまりは、地上にいるわたしたちの周囲の環境と同じく、自然ならざる光を帯びて白熱していた。それは、かすかに輝きを放ち明らかにガス状に高揚した光で、アッシャー家の屋敷全体に垂れ込め包み込んでいた。

「見ちゃいけない！」怖くなったわたしはアッシャーに向かって叫び、彼をやさしく引きはがして、窓から椅子《いす》へと移動させた。「奇怪なる光景かもしれないが、こうした電気現象は決して珍しくないんだ——ひょっとしたらこんな現象が起こるのは、あの沼の腐敗した毒気のしわざかもしれない。ともあれ窓を閉めよう。空気が冷たくなってきたから、身体《からだ》に悪いぞ。ほらここに君のお気に入りの伝奇小説《ロマンス》がある。読んでやるから聞いているといい。そうやって、この恐ろしい一夜をともにやりすごそう」

わたしが書架から取り出したその古書は、サー・ランスロット・キャニングの『狂気の遭遇』であった。もっとも、わたしがこれをアッシャーの「お気に入り」と呼んだときには、必ずしも本気ではなく、いささか不真面目《ふまじめ》に茶化すようなニュアンスを含めている。というのも、本音をいえば、この小説の粗削りで幻想性に乏しく冗長なところは、わが友人の崇高にして精神的な想像力にはいささかも訴えかけるものではなかったからである。とはいえ、さしあたりこの本しか手元にないのだからしかたがない。いま興奮のきわみにあるこの憂鬱症患者が、これから朗読するきわめつけの荒《こう》唐無《とうむ》稽《けい》な物語を聞くことで落ち着くといい（というのも精神錯乱の歴史には類似の症例がひしめいているので）、と一縷《いちる》の望みにすがった。じっさい、彼はわたしの読む物語を手に汗握って聞いていたから、あるいは聞いていたように見えたから、その点だけを取れば、わたしの目論見《もくろみ》はまんまと効を奏したことになり、ひとりほくそ笑んだものである。

物語はとうとういちばん有名な箇所にさしかかった。そう、『狂気の遭遇』の主人公であるエセルレッドが、隠遁者《いんとんしゃ》の家へ難なく入ろうとしたところ障害が立ちふさがったため、力ずくで突入しようとする場面だ。思い出すに、それはこんなふうに語られていた。

「エセルレッドは勇敢なる心の持ち主であったが、そのうえいまや飲み干した強力な葡萄酒《ぶどうしゅ》によって百人力となっており、もうこれ以上、ほんとうのところ頑迷で邪悪なる隠遁者との会見を引き延ばすつもりはない。ちょうど雨が両肩に降り注ぎ始め、嵐の到来が懸念《けねん》されたので、彼は棍棒《こんぼう》を前へ振り上げ、扉の板へ何度か殴りつけて、たちまちのうちに、ちょうど自分の籠手《こて》をはめた先が入るくらいの穴を穿《うが》つと、酒に任せた馬鹿力《ばかぢから》で板全体をこじ開け、叩き割り、引き裂き、ついにはばらばらにしてしまい、そのときの乾いて鈍い轟音《ごうおん》は森中に響き渡り谺《こだま》し続けたものである」

最後の一文を読み終わるやいなや、わたしはびくっとして、しばらくのあいだ中断した。というのもこのときわたしが感じたところでは（自分自身の妄想が高まったがゆえの錯覚ではないかとすぐに打ち消したものの）――とにかくわたし自身が感じたところでは、屋敷のうちでもはるかに離れた部屋から、サー・ランスロットの描写するとおりの、扉を叩き割り引き裂くまさにその轟音の谺が（たしかにいくぶんくぐもって沈み込んだ調子ではあったが）、そっくりそのままとしか思われぬかたちで、ぼんやりと聞こえてきたのだ。もちろん、わたしが気になったのは物語と現実の奇遇にすぎない。なぜなら、開き窓の枠がいくらカタカタと鳴り、猛威を増していく嵐のうちで多様な騒音が入り混じるのを耳にしても、気を惹《ひ》かれるところ、悩ましいところはまったくなかったのだから。わたしは朗読を続けた。

「だが、正義の闘士エセルレッドは、扉から中へ入り、そこに邪悪なる隠遁者のしるしすら見えないのに怒り驚く。しかしその代わり、一面鱗《うろこ》でおおわれ巨大なる姿で炎の舌をのぞかせた龍《りゅう》が、銀の床をもつ黄金の宮殿を警護している。壁にはまぶしく輝く真鍮《しんちゅう》の楯《たて》がかかり、そこにはこんな言い伝えが記されていた。

ここへ入る者は、征服者なり。
この龍を殺《あや》める者は、この楯を得る。

そしてエセルレッドは棍棒を振り上げると、龍の脳天へ躍りかかった。敵はすぐにも頽《くずお》れ、息を引き取る間際《まぎわ》に金切り声をあげ、それがあまりに恐ろしくも耳を刺すような、身を切られるような悲鳴であったため、エセルレッドは両手で両耳をふさいだほどであった。ともあれ、それほどにおぞましき悲鳴は前代未聞《ぜんだいみもん》であった」

ここまで読み進んだとき、わたしは突如として中断し、こんどは心底驚愕《きょうがく》の気持ちを隠せなかった。なぜなら、今度という今度はまちがいなく、低く遠くから渡ってくるような音が（どの方角から発しているかはわからないにせよ）、それも耳を刺すかのように長く異常きわまる叫び、耳障《みみざわ》りな響きが伝わってきたのであり、それはまさしく、この物語作者《ロマンサー》の描く龍の異常なる金切り声として想像していたのとそっくり同じ響きであった。

二度までも尋常ならざる奇遇に見舞われ、ありとあらゆる錯綜《さくそう》せる感情に——そのなかでも驚異ときわめつけの恐怖とに——押しつぶされそうになったものの、それでもまだ、親友の過敏なる神経をいかにしても高ぶらせないだけの心の平静は保っていた。アッシャー本人がこうした奇怪なる響きに気づいていたのかどうか、それはまったくわからない。とはいえ、つい数分前より、彼の態度にはおかしな浮き沈みが確認されるようになっていた。当初こそわたしのほうを直視していたのに、いつしか椅子の上で位置を変え、いまでは部屋の扉に顔を向けて坐《すわ》っている。この角度では、彼の顔かたちはかすかにしかわからず、せいぜい何か聞こえないぐらいの声で呟《つぶや》くかのように唇が震えるのが見える程度だ。彼はがっくりとうなだれていたけれども、しかし眼が大きくしっかりと見開かれていたのは一瞥《いちべつ》してわかったから、眠っていないのは確認できる。身体の動きはこうした見方とは相容《あいい》れない。彼は優雅に、しかし一定の規則性をもって身体を左右に揺らしていた。そんな様子を素早く見て取ると、わたしはサー・ランスロットの物語を再開する。それはこんなくだりを迎えていた。

「そしていま、闘士は龍の恐るべき猛威から逃れ、輝ける楯のことに考えをめぐらせ、そしてそこにかけられた魔法を取り払うべく、行く手から龍の骸《むくろ》を押し退《の》け、この城の銀の舗道を果敢に進むと、ついに楯が壁から下がっているところへ来た。この楯はほんとうのところエセルレッドが来るのを待ち受けていたわけではないが、とうとう彼のもとに屈して銀の床に転げ落ち、そのときあたりには強大にして凄惨なる音が響き渡ったのであった」

最後の音節が唇から消えるか消えないかというとき――あたかも真鍮の楯が同時に銀の床に転がり落ちたかのごとく――はっきりと鈍い金属の何かががらんがらんと響き渡り、くぐもったかたちで谺していのが聞こえてきた。焦燥感に駆られたわたしは、あわてて立ち上がる。だがアッシャーはといえば、規則正しく身体を揺らしていた。わたしは一気に彼の椅子のところへ駆け寄った。その眼はじっと前を見つめていて、表情全体も石の如《ごと》く毅然《きぜん》としている。だが、彼の肩に手をふれるやいなや、その全身に強烈な震えが走ったのが感じられた。病める微笑《ほほえ》みが唇のまわりで震えている。そしてわたしは、彼が低音の早口で切れ切れに呟き、あたかもわたしがそこに不在であるかのような様子であるのに気がついた。彼の上からかがみ込み、わたしはとうとうその言葉の意味を吸い込んだ。

「聞こえないかって？　——ああ、聞こえるよ、これまでだってずっと聞こえていたんだ。長い——長い——長いあいだ——何分も何時間も何日間も、ぼくには聞こえていたが、あえて聞こうとしなかった——おお、この度し難いろくでなしを哀れんでくれたまえ！　——ぼくはこのことだけは語るまいと思っていた！　そう、ぼくらはマデラインを生きたまま墓に埋めてしまったんだよ！　ぼくの五感が鋭敏だと言ったろう？　いま教えてやるさ、ぼくはあの虚《うつ》ろな棺《ひつぎ》に葬《ほうむ》ったあと、彼女がかすかに動く最初の物音を聞いてしまったんだよ。聞いてしまったんだ——何日も何日も前にね——だけど絶対語るまいと思っていたんだ！　そしていま——それも今夜——エセルレッドが——ほら！　ほら！　——隠遁者の扉をこじ開け、龍が断末魔の叫びをあげ、そして楯ががらんがらんと鳴り響いたろう！　――あれはじつは、棺が反響した音、地下牢《ろう》の鋼鉄の蝶番《ちようつがい》がきしんだ音、そして彼女が地下の銅製のアーチ道をけんめいによじのぼってくる音だったのさ！　さあてどこへ飛んで逃げようか？　妹がやってくるのも時間の問題だろう？　急ぎすぎた埋葬を恨むあまりぼくを非難しようと、道を急いでるんじゃないかな？　ほらもう、そこの階段のところまで足音が迫ってきた。妹の重く恐ろしい心臓の鼓動まで聞き分けられるぞ。そう、狂ってる！」このときアッシャーは猛然と立ち上がり、あたかも自らの魂を差しだそうとするかのように、最後の数音節を金切り声で叫んだ。「狂ってるんだ！　そら妹がもう扉の外までやってきてるんだぞ」

彼の言葉が秘める超人的なエネルギーのうちにひとつの呪文《じゆもん》が効力を発揮したかのごとく――アッシャーの指さした巨大で古い壁板が、瞬く間にその重たい、黒檀の口をゆっくりと、うしろに押し開いた。それはまさしく突風の成せる業であった――しかしまさにそのとき、扉の外に立ちつくしていたのは、アッシャー家のマデライン姫が崇高なる経帷子《きようかたびら》に身を包んだすがたにほかならない。その純白の衣装は血にまみれ、その衰弱した身体のいたるところに生き埋めから逃れようとした苦闘の跡が認められた。しばらくのあいだ、マデラインは入口のところでぶるぶる震えながらよろめいていたが、やがて低いうなり声をあげると、実の兄の身体にのしかかり、その暴力的にして断末魔の苦悩のうちに、とうとう彼自身を床に押し倒して命を奪う。恐怖の犠牲となって死ぬことは、まさしくロデリック本人があらかじめ思い描いた最期《さいご》であった。

恐怖のあまり、わたしはこの部屋から、そしてこの屋敷そのものから、逃げ出した。わたしが土手道を渡っていくときにすら、嵐《あらし》はまだまだ荒れ狂っていた。そこへいきなり、道沿いに強烈な光が差し込んだので、わたしは思わず振り返り、いったい何の光なのかを確かめようとした。何しろ背後には巨大な屋敷とその影を映す沼しか存在しなかったのだから。はたしてその光は沈みゆく血のように赤い満月のものであり、その光線が、すでに述べたとおり、かつてならほとんど気がつかないようなかたちで屋敷の上下に走っている裂け目、屋根から基底部までをジグザグに走っているあの裂け目ごしにまばゆく差し込んでいるのであった。それを見詰めていると、裂け目はいきなり拡大し、旋風が猛烈に吹き込んで、月の全体像が一気に浮かび上がる。あの堅固なる壁がばらばらに崩れ去っていくのを眼にしながら、わたしの脳髄は眩暈《めまい》を覚えるばかり。最後には、長く荒れ狂う叫び声が海鳴りのように響き渡るかたわら、足下の深く湿った沼は重々しく、そして音もなく、「アッシャー家」の断片すべてを飲み込んでいった。

解説

巽　孝之

二〇〇九年、アメリカ・ロマン派文学のみならず世界文学史上においても燦然《さんぜん》と輝く天才作家エドガー・アラン・ポーは、生誕二百年を迎えた。

一八〇九年一月十九日にアメリカ合衆国は北部マサチューセッツ州ボストンに生を享《う》け、幼少期より南部ヴァージニア州リッチモンドで育ち、一八四九年十月七日、四十歳にして南部メリーランド州ボルチモアで亡《な》くなった文学者の生涯は、家庭的にも経済的にも、必ずしも恵まれたものではなかった。にもかかわらず、その絢爛《けんらん》たる文学的才能だけを元手に怪奇幻想小説《ゴシック・ロマンス》の継承者として、本格探偵小説《ミステリ》の創始者として、はたまた空想科学小説《サイエンス・フィクション》の開発者として名声を博したポーの傑作群は、二世紀を経た今日でも広く読み継がれている。その影響を受けた後世の作家は、アメリカ文学に限ってもH・P・ラヴクラフトやウィリアム・フォークナーからウラジーミル・ナボコフ、トルーマン・カポーティ、ジョン・バース、スティーヴン・キング、ポール・オースター、ウィリアム・T・ヴォルマン、スティーヴン・ミルハウザー、マーク・Z・ダニエレブスキーまで枚挙にいとまがない。そして、いまやポー的な想像力は活字を超えて世界各国ありとあらゆる視聴覚メディアにおよぶ。

もともと、ポーの文学的評価を決定的なものにしたのは、彼自身の生きた十九世紀前半のアメリカよりも十九世紀後半のフランスにおいてであった。ポーに傾倒したフランス象徴派を代表する大詩人シャルル・ボードレールがポー全作品を翻訳するばかりか、フランス印象派を代表する作曲家クロード・ドビュッシーが「アッシャー家の崩壊」をもとにした未完のオペラまで残している。アメリカ作家ポーの想像力はいったんフランス作家の修辞法を経由することで、T・S・エリオットら二十世紀英米文学のモダニズム作家の表現へ逆影響をもたらしたのだ。わが国でも文字どおりこの天才作家の名前をもじって日本における探偵小説の父となった江戸川乱歩がいるし、二十一世紀に入っても、チェコを代表するポスト・シュールレアリスム映像作家ヤン・シュヴァンクマイエルがポー短編「タール博士とフェザー教授の療法」と「早すぎた埋葬」を素材に傑作映画『ルナシー』(二〇〇五年)を発表し高い評価を得た。

とはいえ、このような世界的文豪となりえたからこそ、ではアメリカ作家としての彼はどんな顔を持っていたのかと、改めて問わざるをえない。彼の生きた十九世紀南部の封建的時空間には、まだ黒人奴隷《どれい》制がごくあたりまえのように根付いており、中世的な騎士道精神のもとで「真の女らしさ崇拝」という、今日なら反フェミニズム的とも受け取られかねない風潮が蔓延《まんえん》していた。一見ヨーロッパ的に見えるポー作品の随所に、じつは彼の生きた南北戦争以前のアメリカ史が影を落としている。ポーがいったい何を書き何を隠したのか——そんなことをあれこれ考えてみるのも、スリリングな読書体験となるにちがいない。

「黒猫」"The Black Cat"

ポーと聞けば、このあまりにも有名なホラー小説をまっさきに思い浮かべる向きも多いだろう。それほどに、本作品が表現する「闇《やみ》の力」は強烈である。

古来、黒猫にまつわる迷信・伝説のたぐいは数多い。これを吉兆とみる者は、たとえば船員の妻が黒猫を飼うと夫の航海の安全が保障されるといった信念を生みだした。だが、本作品の主人公の妻は、家に来た黒猫の「頭のよさ」に注目して古くからの「民間伝承」を引き合いに出し、「黒猫というのはすべて魔女の変装」と断定する。そこには新大陸ならぬ中世ヨーロッパにまでさかのぼる迷信の伝統がひそむ。そう、悪魔が黒猫のすがたを借りて、いわば黒猫を「使い魔」として地上に降り立つというあの伝承だ。ポーが旧大陸的な「魔女狩り」をどのていど再話しようと目論《もくろ》んだのかはさほどはっきり定められないが、むろん新大陸はセイラムにおけるピューリタン植民地時代の魔女狩りが念頭におかれていた可能性も十二分に推測される。

しかし、本作品を読むうえでいちばん肝心なのは、ポーが人間の無意識にひそむ「天邪鬼《あまのじゃく》」の精神、すなわち相手を溺愛《できあい》しているのに憎悪《ぞうお》としか思えぬ行為に出たり、禁じられているにもかかわらず、いやむしろそれだからこそ犯罪に走ったりするという、矛盾に満ちた心理機構を露呈させたことだろう。

初出〈ユナイテッド・ステイツ・サタデー・ポスト〉(サタデー・イヴニング・ポスト)一八四三年八月十九日号。

「赤き死の仮面」"The Masque of the Red Death"

原典タイトルは翻訳家泣かせである。この疫病《えきびょう》が明らかに「黒死病」(The Black Death) すなわちペストを想定しているため、それに準じて「赤死病」と訳すのが筋なのだが、ひとたび作中の多彩な象徴空間に眩惑《げんわく》されてしまうと、なぜか「赤き死」と呼ぶのがふさわしく感じるのだ。しかも、疫病を遮断する堅牢《けんろう》な城の内部で続く豪《ごう》奢《しゃ》な仮面舞踏会そのものの意味を深めるため、ポーは初出のあとタイトルに手を加え、

"The Mask"から"The Masque"へと書き換えているので、こうなると一語にして「仮面劇」「仮面劇役者」「仮面舞踏会」「仮面舞踏会参加者」など複数の意味を帯びてしまう。そこで本書ではこれがゴシック・ロマンスの名作であることに留意し、あえて象徴的な方向を選んだ。下敷きのひとつは、同名の主人公プロスペローが魔道師役で登場し「赤い疫病」も言及されるシェイクスピアの仮面劇『テンペスト』(一六一一―一二年)。

ポーの同時代でも、一八三一年のボルチモアで疫病が発生しているが、基本的には一八三二年のコレラ大流行のさいにフランスで開かれた舞踏会からヒントを得たといわれる。しかしもちろん、中世的な疫病から現代的なハイテク戦争まで多様な連想や解釈を許容するのが、この短編が孕《はら》む圧倒的な魅力である。

初出〈グレアムズ・マガジン〉一八四二年五月号。

「ライジーア」"Ligeia"

本書翻訳の底本のひとつにしたスチュアート&スーザン・レヴァイン夫妻の名編集になる全短編集成(*The Short Fiction of Edgar Allan Poe* [Indianapolis: Bobbs-Merril, 1976])は、本作品を「モレラ」「エレオノーラ」と並ぶ「美女の死の物語」の一編に数え上げている。いわゆる「美女再生譚」の系譜である。

もともとポーは一八一一年、まだ幼児のときに最愛の母エリザベスと死に別れ、一八二四年の少年時代には友人ロバート・スタナードの母親で名詩「ヘレンに」の霊感源となったジェーン・スタナードの急死に嘆き悲しみ、一八三六年には従妹《いとこ》でまだ十三歳だった幼妻ヴァージニアと結婚するも一八四七年には彼女にも先立たれている。最晩年には詩人セアラ・ヘレン・ホイットマン夫人のみならず、多くの女性と浮き名を流したが、彼の切望した結婚にはいずれもつながらなかった。愛する美女への思慕がたえず挫折《ざせつ》せざるをえなかった作家の運命と彼独自の文学サブジャンル「美女再生譚」の成立とは、決して無縁ではあるまい。

初出は〈アメリカン・ミュージアム〉一八三八年九月号。ただしそのときには作中詩は存在せず、のちに単独作品「征服者蛆虫《うじむし》」として書かれ、初出は〈グレアムズ・マガジン〉一八四三年一月号。小説がこの詩を初めて組み込んだかたちでの初出は〈ニュー・ワールド〉一八四五年二月号。

「落とし穴と振り子」“The Pit and the Pendulum”

前掲レヴァイン夫妻の全短編集成では、「恐怖からの脱出」なるカテゴリーのうちに、「大渦巻《メエルシュトレーム》への落下」と本作品の二編が分類されている。片や自然界の脅威を、片やスペイン異端審問の拷問《ごうもん》を描いているわけだから、両者の取り合わせは意外に見えるかもしれないが、しかしたしかに双方とも、数学的精度をもって、いまそこにある危機を計測し、いかにしてそこから脱出すべきかを画策することだけに焦点を当てた傑作だ。

少年時代に一読したときには、中空からじわじわと降りてくる殺人振り子のイメージが圧倒的だった。歴史的背景がよくわからなくても、ただただ迫力満点の描写だけでぐいぐい読ませてしまうのが、ポーの筆力だろう。

だが、ひとつだけ「トレド」という地名が引っかかって、学生時代にたまたまスペインの同地を訪れたとき、異端審問時代の名残りと思われる拷問用の聖母マリア像を一瞥《いちべつ》する機会があり、たちまちこの短編を思い出したものだった。我が国は長崎でのキリシタン弾圧は十七世紀にピークを迎え、そこで活用された拷問は遠藤周作が『沈黙』(一九六六年)で生々しく描いているが、他方、ポーが舞台にしているのは、クライマックスで実在したラサール将軍(一七七五—一八〇九年)が登場することからもわかるとおり、フランス軍がスペイン異端審問に介入しカトリックの異教徒弾圧をいったん中断させた一八〇八年ごろのトレドである。

初出〈ギフト〉一八四三年版（一八四二年刊行）。

「ウィリアム・ウィルソン」“William Wilson”

世の中には自分そっくりの人間がどこかに必ず存在するという。他人の空似か生き霊《りょう》か。だが、そんな「分身譚」なる文学サブジャンルにおいて、本作品ほど広く知られた作品はない。

創作のヒントは、ひとつの戯曲だった。イギリスのロマン派詩人バイロン卿が、仲間の詩人パーシー・ビッシュ・シェリーが持ち込んだ古いスペインの戯曲をもとに独自の戯曲を書こうとして挫折してしまったのだ。それを聞きつけたアメリカ作家ワシントン・アーヴィングが「バイロン卿の未完の戯曲」なるエッセイを発表し（〈ニッカーボッカー〉誌一八三五年八月号初出、〈ギフト〉一八三六年版に再録）、それがポーの目に留まったのである。本書翻訳に使用したもうひとつの底本トマス・オリーヴ・マボットの全集版第二巻（*Collected Works of Edgar Allan Poe* [Cambridge: Harvard-Belknap, 1978]）の注釈を読む限り、ポーは戯曲のプロットをクライマックスに至るまで、まるまると借り受けている。

にもかかわらず独自なヒネリが利《き》いているのはなぜか。それは、イギリスに実在したジョン・ブランズビー牧師の学校に、ポー自身が幼きころ、養父アランの仕事の関係でほんとうに通っていたからだ。そこにヴァージニア大学時代の放蕩《ほうとう》生活をも溶かし込んだ高度に自伝的な演出こそ、最大の読みどころであろう。

初出〈ギフト〉一八四〇年版（一八三九年刊行）。

「アッシャー家の崩壊」"The Fall of the House of Usher"

ご存知、ポーという作家の代名詞として語り継がれてきた名作中の名作である。人間の精神と屋敷の構造が共感関係を結ぶという、主人公ロデリック・アッシャーの書架にも見える神秘主義者スウェーデンボルグばりの発想だけでも秀逸だが、さらに一種の「美女再生譚」とも解釈できるロデリックの妹マデラインの生き埋めと再生が加わり、しかも「ライジーア」で開発された小説と詩の融合もさらに巧みに行われる。かくして彼は自身の考える短編小説の三大条件「効果」「統一」「多様」を最も理想的な水準で実現してしまった。この達成がなければ、現代作家スティーヴン・キング一九七七年の原作小説を映画監督スタンリー・キューブリックが一九八〇年に視覚化した『シャイニング』も、ヴァージニア州に建つ不可思議な旧家を描く新鋭作家マーク・Z・ダニエレブスキーの実験小説『紙葉の家』も、決してありえなかったろう。

ちなみに、「アッシャー」という姓を持つ兄妹は、女優であったポーの母の親友夫妻がもうけた子供たちジェイムズとアグネスとして実在した。ふたりは一八一四年には孤児となり、そろって神経症を病む。ポーがいかにこの情報を得たかは不明だが、しかし当時の医学では霧や湿気に満ちた場所が憂鬱《ゆうう》症をもたらすと信じられていたことは、本作品の「ピクチャレスクな細密描写」（高山宏）にも大いに関わっている。

初出〈バートンズ・ジェントルマンズ・マガジン〉一八三九年九月号。

〔テキストについて〕

解説中でふれたレヴァイン夫妻編のボブズ＝メリル版全短編集成、マボット編集のハーヴァード＝ベルクナップ版全集に加え、下記のG・R・トムソン編ノートン版傑作選も随時参照した。

G. R. Thompson, ed. *The Selected Writings of Edgar Allan Poe*. New York: Norton, 2004.

（二〇〇九年二月）

年譜

一八〇九年 一月十九日、エドガー・ポー（Edgar Poe）はシェイクスピアを中心に演じる旅役者デイヴィッド・ポーとエリザベス・アーノルド・ホプキンスの次男としてアメリカ合衆国マサチューセッツ州ボストンに生れる。兄ウィリアム・ヘンリー・レナードは一八〇七年生れ、妹ロザリーは一八一〇年生れ。

一八一一年 二歳 十二月八日、ヴァージニア州リッチモンドで母を失う。すでに父は行方知れず、数日後、同じ町でタバコなどを扱う裕福な商人ジョン・アラン夫妻にひきとられ、エドガー・アラン・ポー（Edgar Allan Poe）となる。ただしアランはとうとう彼を正式な養子として入籍しなかったので、法律上は「アラン」は記されない。

一八一五年 六歳 七月二十日、アラン夫妻に伴われてイギリスへ渡る。

一八一七年 八歳 ロンドンの近郊ストーク・ニューイントンにあるジョン・ブランズビー牧師の学校に通う。ここでの経験がのちの短編「ウィリアム・ウィルソン」に活かされる。

一八二〇年 十一歳 七月二十一日、養父母とともにニューヨークに着き、八月二日、リッチモンドへ戻る。

一八二一年 十二歳 翌年の十二月までクラーク学校に通う。

一八二二年 十三歳 詩作開始。将来の妻となる従妹のヴァージニア・クレムがメリーランド州ボルチモアに生れる。

一八二三年 十四歳 四月一日、ウィリアム・バーク学校に入る。年下の学友ロバート・スタナードの母ジェーンを知り、その美しさに陶酔、翌年には彼女の死を悼《いた》んで初期の名詩「ヘレンに」（一八三一年）を書く。ただし晩年の恋人セアラ・ヘレン・ホイットマン夫人のことを謳《うた》った同題の詩（一八四八年）も存在する。

一八二五年 十六歳 近くに住む初恋の少女セアラ・エルマイラ・ロイスターと交わり秘かに婚約するも、彼女の父親の反対に遭い破談に終る。養父ジヨン・アラン、伯父ウィリアム・ゴルトの死に際して莫大な遺産を手にする。
一八二六年　十七歳　二月十四日、ヴァージニア大学入学。古典語や近代語では優秀な成績を収めるも、賭博《とばく》に手を出し大きな借金をつくり、養父の援助を仰いだが無駄であった。
一八二七年　十八歳　三月二十四日、養父との不和のためリッチモンドを去り、四月七日、ふるさとのボストンに帰る。五月二十六日、エドガー・A・ペリー（Perry）と名を変えて合衆国陸軍に入隊し、ボストン港内のインデペンデンス要塞《ようさい》に配属。十一月八日から十八日まで部隊とともにサウスカロライナ州チャールストン港内のモールトリー要塞へ移動する。「一ボストン人」の名で最初の詩集『タマレーンそのほか』をボストンで出版。
一八二八年　十九歳　十二月十一日から十五日までヴァージニア州モンロー要塞に駐留する。
一八二九年　二十歳　一月一日、特務曹長に昇進する。二月二十九日、慕っていた養母のフランシス・アランを失う。四月十五日、除隊。十二月、第二の詩集『アル・アーラーフ、タマレーンほかの小詩』を本名でボルチモアの一出版社から刊行する。
一八三〇年　二十一歳　六月、ウェスト・ポイント陸軍士官学校入学。十月五日、養父ジョン・アランがニュージャージー出身のルイーザ・パターソンと再婚。翌年、アランとルイーザとのあいだに嫡子《ちゃくし》が生れたことも手伝い、以後のポーは実質上、この養父から切られてしまう。
一八三一年　二十二歳　詩作を続けているうちに学校生活が耐えがたくなり、故意に軍務を怠ったために放校処分となるが、その時を待つことなく、二月十九日、士官学校を去る。夏、ニューヨークを経てボルチモアへ行き、祖母と叔母、従妹、兄たちとともに暮らす。八月、兄ヘンリーを失う。
一八三二年　二十三歳　雑誌『フィラデルフィア・サタデー・クーリア』の懸賞に応募したところ、賞は逸するが一月に「メッツェンガースタイン」が発表され、つづいて他も掲載される。ボルチモアにて短編執筆。
一八三三年　二十四歳　雑誌『ボルチモア・サタデー・ヴィジター』の懸賞に短編「壜《びん》の中の手記」が当選、賞金五十ドルを獲得、同誌十月十九日号に掲載される。このころ作家ジョン・ペンドルトン・ケネディと会う。
一八三四年　二十五歳　三月二十七日、養父ジョン・アランが死去。しかし彼の遺言状にポーの名はなかった。
一八三五年　二十六歳　二月、ケネディの紹介により、雑誌ブームに乗じて創刊されたリッチモンドの新雑誌『サザン・リテラリー・メッセンジャー』に短編「ベレニス」を、翌月、短編「モレラ」を発表し、たちまち同誌がホームグラウンドとなる。そればかりか八月、同誌発行人トマス・ホワイトより同誌の編集への助力を求められ、ボルチモアを離れリッチモンドへ移り、同誌編集に携わる。十月三日、叔母マライア・クレム夫人、娘ヴァージニアを伴ってリッチモンドに移り住み、ポーと同居開始。
一八三六年　二十七歳　五月十六日、まだ十三歳八ヵ月であったヴァージニアと結婚する。懸案の短編集企画『フォリオ・クラブの物語』は、出版社がとうとう見つからず断念。
一八三七年　二十八歳　一月三日、ホワイトに解雇されるも、『サザン・リテラリー・メッセンジャー』に中編小説「ナンタケット島出身のアーサー・ゴードン・ピムの体験記」を二回連載。家族とニューヨークに出る。職を求めるが徒労に終る。
一八三八年　二十九歳　七月、『ナンタケット島出身のアーサー・ゴードン・ピムの体験記』をニューヨーク市のハーパーズ社から出版。家族でフィラデルフィアへ向い、苦難を忍ぶ。短編「ライジーア」を発表。
一八三九年　三十歳　年のはじめに教科書用として『貝類学入門』を出版。五月、『バートンズ・ジェントルマンズ・マガジン』の編集部に採用される。短編「使い切った男」「アッシャー家の崩壊」「ウィリアム・ウィルソン」などを同誌に発表。同年末、これまでの短編を集めた二巻本の『グロテスク・アラベスクの物語』を出版する。
一八四〇年　三十一歳　自分の新雑誌『ペン(Penn)』創刊を画策。「群衆の人」を『グレアムズ・マガジン』創刊号に発表。
一八四一年　三十二歳　四月、前記『バートンズ・ジェントルマンズ・マガジン』を合併した『グレアムズ・マガジン』の編集長となり、同誌の部数を五千から一挙に三万七千に躍進させる。短編「モルグ街の殺人」「大渦巻への落下」その他を同誌に発表。のちに自身の遺著管理人となるルーファス・グリズウォルドと出会う。この年、暗号学や署名学への関心を深める。

一八四二年　三十三歳　一月、ヴァージニアが歌を歌っている最中に血管を破裂させ、結核の徴候を示す。五月、『グレアムズ・マガジン』を退く。「マリー・ロジェの謎」を書く。年末に出る年刊誌『ギフト』一八四三年版に短編「落とし穴と振り子」を寄せる。

一八四三年　三十四歳　一月、理想の文芸雑誌『スタイラス』を企てるが失敗。六月、フィラデルフィアの『ダラー・ニューズペーパー』の懸賞に短編「黄金虫」を投じ、当選して賞金百ドルを獲得。再版が繰り返されるとともに舞台化され、文名を上げる。八月、雑誌『ユナイテッド・ステイツ・サタデー・ポスト』に短編「黒猫」を発表。

一八四四年　三十五歳　四月七日、家族とともにフィラデルフィアからニューヨークへ転じる。新聞『ニューヨーク・サン』四月十三日号号外として虚実取りまぜた「軽気球奇譚」を発表、たちまち売り切れダフ屋まで出るなど、一大センセーションを巻き起こす。九月、『ギフト』一八四五年版に短編「盗まれた手紙」を発表。十月、新聞『イヴニング・ミラー』の編集に参加。妻は衰弱の一途を辿る。

一八四五年　三十六歳　一月二十九日、詩「大鴉《おおがらす》」を『イヴニング・ミラー』に載せ、大評判に。三月八日、週刊誌『ブロードウェイ・ジャーナル』の編集に加わり、のち十月二十四日、その所有者兼編集長となる。

一八四六年　三十七歳　一月三日、『ブロードウェイ・ジャーナル』廃刊。このころ、妻ヴァージニアとともにポー自身も健康を損ない、財政状態も最悪に。四月、名詩「大鴉」の執筆過程を一見合理的に明かしたトリッキイな評論「創作の哲理」を『グレアムズ・マガジン』に発表。五月、人物評シリーズ「ニューヨークの文人たち」を、フィラデルフィアの『ゴディーズ・レディーズ・ブック』誌に連載開始。このころニューヨークの郊外フォーダム（Fordham）へ引っ越す。

一八四七年　三十八歳　一月三十日、ヴァージニアが結核のためこの世を去る。三月、短編「アルンハイムの地所」を『コロンビアン・レディーズ&ジェントルマンズ・マガジン』に発表。十二月、ヴァージニア追悼の意味合も含む詩「ユーラリューム」を発表。

一八四八年　三十九歳　二月三日、散文詩というふれこみで宇宙創成論『ユリイカ』(*Eureka*「われ発見せり」の意)を書き、ニューヨークで朗読会。妻ヴァージニアの死については深い悲しみを覚えていたものの、九月には六歳年上の未亡人セアラ・ヘレン・ホイットマンと交際を始め、十月には既婚者のアニー・リッチモンド夫人に自分の最期を見届けるよう約束を交わす。

一八四九年　四十歳　四月、詩「エルドラド」をボストンの週刊誌に発表する。六月三十日、新しい雑誌の創刊を促進するため、ニューヨークをあとにリッチモンドへ。ブラックユーモアに満ちた短編「ホップフロッグ」をフィラデルフィアの『フラッグ・オヴ・アワ・ユニオン』三月十七日号へ寄稿。五月、イリノイ州の印刷業者エドワード・ハワード・ノートン・パタソンの申し出により懸案の『スタイラス』誌創刊援助が確定し、ポーは前渡し金五十ドルを請求する。七月十三日、リッチモンドに着き、かつて十代のときの恋人で今は未亡人となったセアラ・エルマイラ・ロイスター・シェルトンと再会。八月十七日、同地を皮切りに「詩の原理」についての講演旅行。禁酒同盟に加入し、セアラ・シェルトンからは結婚の受諾を得て、結婚式に参列してもらうため叔母を迎えにニューヨークに向かう。新雑誌創刊も初恋の女性との結婚もすべて準備万端、これからまさに順風満帆というところであった。

十月三日、ボルチモアの選挙投票所に使われた酒場の前で、おそらくは政治的謀略に引っかかり酒を飲まされたのだろう、意識不明になっているところを発見される(錯乱状態でふらついているところを目撃した者は、ポーが「レナルズ!」と人名を叫んでいたと報告している)。ただちにワシントン大学病院にかつぎこまれるも、意識はとうとう戻らず、十月七日(日曜日)の朝五時に没。享年四十。名詩「鐘」と「アナベル・リー」は死後、同年暮れに発表された。

ポーの最期についてはあまりにも謎が多く、いまもそれを再解釈し、物語化しようと思索をたくましくする現代文学には、ルーディ・ラッカーの『空洞地球』（一九九〇年）やスティーヴン・マーロウの『幻夢——エドガー・ポー最後の五日間』（一九九五年）、マシュー・パールの『ポー・シャドウ』（二〇〇六年）など枚挙にいとまがない。

巽孝之編

Title：THE BLACK CAT / THE FALL OF THE HOUSE OF USHER
Author：Edgar Allan Poe

黒《くろ》猫《ねこ》・アッシャー家《け》の崩《ほう》壊《かい》

―ポー短編集Ⅰ　ゴシック編―

新潮文庫　ホ－1－4

Published 2009 in Japan
by Shinchosha Company

平成二十一年四月一日発行
令和七年二月二十日十四刷

訳者　巽《たつみ》　孝《たか》之《ゆき》

発行者　佐藤隆信

発行所　株式会社新潮社

郵便番号　一六二―八七一一
東京都新宿区矢来町七一
電話　編集部(〇三)三二六六―五四四〇
　　　読者係(〇三)三二六六―五一一一
https://www.shinchosha.co.jp

価格はカバーに表示してあります。

乱丁・落丁本は、ご面倒ですが小社読者係宛ご送付ください。送料小社負担にてお取替えいたします。

印刷・株式会社三秀舎　製本・株式会社植木製本所

ISBN978-4-10-202804-9 C0197